The Womanizer

Meine aufregendsten One Night Stands 2

Frauen, die ich niemals vergesse

The Womanizer

Meine aufregendsten One Night Stands 2

Frauen, die ich niemals vergesse

Bibliografische Informationen der Deutschen Nationalbibliothek
Die Deutsche Nationalbibliothek verzeichnet diese Publikation in der
Deutschen Nationalbibliografie; detaillierte bibliografische Daten sind
im Internet über dnb.dnb.de abrufbar.

Printed in Germany

ISBN 978-3-7460-4936-6

Herstellung und Verlag: BoD – Books on Demand, Norderstedt

Meine aufregendsten One Night Stands 2

Frauen, die ich niemals vergesse

The Womanizer

Inhaltsverzeichnis

Meine aufregendsten One Night Stands 2

S E X war und ist mein Leben! Das wissen alle, die mich und meine Bücher kennen. Ich bin Casanova, Don Juan, Frauenversteher und Womanizer in einer Person. Über 1.500 Ladies habe ich bereits im Bett gehabt. Eine Sammlung, die selbst Burt Reynolds und Mick Jagger neidisch machen würde. Von 18 bis 50 war und ist alles dabei. Um die 50 allerdings nur eine Handvoll, da viel too old.

Mein Zielalter ist deutlich jünger: 18 bis maximal 35! Da sind die Ladies am schönsten. Ab 35 geht es bergab mit der Optik, da wachsen die Falten zu einem Quallen-Berg heran, die Frau verwelkt. Wie gesagt, ein paar Ausnahmen gibt es Gott sei Dank, ich hoffe, meine Gattin Andrea ist so eine. Bis jetzt sieht es gut aus: Als zweifache Mutter und langjährige Frau an meiner Seite ist sie immer noch sehr hübsch und hat einen attraktiven Körper. Natürlich nicht mehr den wie vor 10 Jahren, aber immerhin.

Der Sex mit ihr ist immer noch schön und erfüllend, vor allem auch die Nähe mit ihr. Die genieße ich sehr. Meine beiden Kinder, John Paul und Anna Lina, sind meine größten Schätze, ohne sie geht gar nichts. Und trotzdem, glücklich in Beziehung und erfolgreich im Beruf, wie ich es nun mal bin, brauche ich nach wie vor die Abwechslung im Bett, und damit meine ich nicht die Bettwäsche, sondern die Damen.

Ja, gut, ich gehe fremd, wenn man es so nennen will, aber betrügen tue ich Andrea schon mal gar nicht. Im Gegenteil: Sie hat es gut bei mir! Sie lebt in einem großen Haus, muss eigentlich nicht mehr arbeiten, tut es dennoch freiwillig auf 50%-Basis, sie genießt ein Leben ohne jegliche Geldsorgen und auf hohem Niveau. Das alles biete ich ihr.

Dafür gönne ich mir halt auch mein gewisses Extra. Ein Glück, dass mir meine Maus so sehr vertraut, denn so kann ich mir Freiräume schaffen und diese zu meiner Befriedigung nutzen. Vorsichtig muss ich natürlich trotzdem sein, denn zu verlieren habe ich eine ganze Menge. Und dumm ist die Andrea auch nicht.

Dafür liebt sie mich über alles und lässt mir mein Leben. Doch sollte sie mir jemals auf die Schliche kommen, dann würde sie den Weltuntergang herbeischwören. Dann würde mir grausame Folter drohen, sie würde mich bestrafen mit Krieg, Scheidung, Trennung, Kinderwegnahme, Geldwegnahme, Eigentumswegnahme, Hass und mehr. Soweit darf es nie kommen!

One Night Stands sind ein probates Mittel, um unverbindlich sein Vergnügen zu erzielen. Viel einfacher als eine Affäre, die einem schnell zum Verhängnis werden kann. Ich bin ein echter Profi, was One Night Stands angeht. Zu viele habe ich schon erlebt und erlebe sie weiterhin, dass ich genau weiß, wie ich eine Frau, die ich geil finde und vernaschen will, tatsächlich ins Bett und von ihr Sex bekommen kann.

Ja, das ist der Womanizer! In all den vielen Jahren, die ich One Night Stands betreibe, ist so viel Material zusammengekommen, dass ich damit eine 20.000 Seiten starke Enzyklopädie füllen könnte. Und jede Seite wäre eine lesenswerte. In meinem ersten Best of Special standen mir lediglich 112 Seiten zur Verfügung. Viel zu wenig! Ich habe mich dort für einige der aufregendsten One Night Stands meines Lebens entschieden, mit Frauen, die ich nie vergesse.

Sie alle waren unfassbar gut und einzigartig, um ihre Präsentation und ihren Platz zu rechtfertigen. Jetzt geht es weiter! Lasst euch auch in Teil 2 inspirieren von meinen Taten, taucht ein in den Körper des Womanizers und spürt, was abgeht. Ich wünsche euch viel Freude und Lese-Spaß mit „Meine aufregendsten One Night Stands 2"!

Euer Womanizer

Dubrovnik – Lea & Lara

Ich war mit meiner langjährigen Freundin Andrea, heute meine Ehefrau, im Paar-Urlaub. Damals waren noch keine Kinder da. Wir entschieden uns für ein schönes Hotel in Kroatien. Dubrovnik.

Früher als Republik Ragusa bekannt, wird die Stadt im südlichen Kroatien heute auch „Perle der Adria" und „Kroatisches Athen" genannt. 1979 wurde die gesamte Altstadt von der UNESCO zum Weltkulturerbe erklärt. Zahlreiche Sehenswürdigkeiten und wunderschöne Strände machen Dubrovnik zu einem unvergesslichen Erlebnis. Das wollten wir uns anschauen und genießen.

Unser Flug von München hatte Verspätung. Typisch! Wir warteten und schimpften. Andrea schloss ihre süßen Augen und träumte in meinem Schoß weg. Ich passte derweil auf unser Handgepäck auf und schaute mich um. Viele andere Menschen wollten auch nach Dubrovnik. Junge, alte, hübsche, hässliche, schlanke, dicke Menschen ... und diese 2 bildschönen, jungen Frauen! Ich starrte die beiden unbemerkt an. Sie waren wohl die beiden Töchter, die Gott nie hatte.

Die Blondine und die Schwarzhaarige unterhielten sich angeregt. Sie saßen etwa 10 m von mir weg und fieberten regelrecht ihrem Urlaub entgegen. In sexy-modischen Urlaubsklamotten, gut geschminkt und anrüchig zogen sie nicht nur meine Blicke auf sich. Die Blondine musste so 1,70 m groß gewesen sein und bestach durch sehr üppige Brüste für ihre sehr schlanke Figur. Silikon, schätzte ich.

Die Schwarzhaarige war ebenso schlank und sie hatte sportliche Titten und ein Bauchnabel-Piercing, das ihr Bauch freies T-Shirt deutlich offenbarte. Blond sah aus wie Michelle Hunziker, Schwarz wie Kylie Jenner. Nur noch geiler!

Ich ergötzte mich an ihnen und hatte schnell einen Steifen in der Schublade. Der machte Andrea wach, da ihr weiches Polster nun ein hartes war. Sie legte sich um und schlief weiter. Gut für mich. Weiter spannen. Als wir endlich einsteigen durften in den Flieger, verlor ich beide leider aus den Augen.

Aber: Bei der Landung im Gepäckraum sah ich sie wieder! So hübsch, so sexy, so geil! Das war und ist meine Andrea auch, aber so bin ich halt: Eine ist mir niemals genug! Lustiger Weise saßen die beiden 20 Minuten später im selben Bus wie wir, und das Beste kommt jetzt: Sie stiegen mit uns ab ins dasselbe Hotel. Beim Check-in konnte ich ihre Namen deutlich hören: Lea (blond) und Lara (schwarz). Ebenso ihre Zimmernummer: 235. Die merkte ich mir.

Unser Zimmer (245) war toll und wir genossen unsere ersten Stunden in Dubrovnik. Dank all inclusive mussten wir uns um nichts kümmern. Das Essen erwartete uns. Als ich mit Andrea um 19 Uhr den Speisesaal betrat, haute mich der Anblick von Lea und Lara fast um: Die beiden saßen an einem Tisch wie 2 Edel-Nutten und waren natürlich der Mittelpunkt des Geschehens. Ich schätzte die Blonde auf 23, die andere auf 20.

Das Essen war superlecker und ich schaffte es immer wieder, an Andrea vorbei die 2 Schönheiten zu bestaunen. Das bekamen Lea und Lara mit und tuschelten. Mein Womanizer-Blick ist ja legendär. Ohne Worte kann ich klar und deutlich formulieren, was mir gefällt. Aber was sollte ich tun? Ich war hier mit meiner Freundin, offizielles Fremdflirten ging nicht. Ich beherrschte mich und genoss den Urlaub mit Andrea sehr.

Wir hatten täglich zweimal Sex, einmal morgens nach dem Aufwachen und einmal abends vorm Schlafengehen. Dazwischen verbrachten wir viel Zeit am Strand und schauten uns die Sehenswürdigkeiten Dubrovniks an. Bei fast jedem Frühstück und Abendessen sah ich Lea und Lara, und unser stummer Flirt intensivierte sich von Tag zu Tag.

Als wir nur noch 3 Tage hatten, musste ich handeln. Ich organisierte meiner Andrea eine Wellness-Ganzkörpermassage im Haus mit anschließender Maniküre und Pediküre. Gesamtdauer des Paketes: 2 Stunden. Kostete mich zwar 99 Euro, aber das war es mir wert. Ich buchte das Paket für den Folgetag, 17 bis 19 Uhr. An der Rezeption hinterlegte ich diskret eine Nachricht für Zimmer 235. Darin stand: „Hallo, Ihr heißen Ladies, hier ist der mit Euch flirtende Womanizer. Da ich mit meiner Freundin hier bin, können wir nicht frei reden, daher per Post.

Ich finde Euch beide ratenscharf und träume von einem heißen Dreier mit Euch. Wann: Morgen, 17 bis 19 Uhr. Wo: In Eurem Zimmer. Meine Freundin ist um diese Zeit beschäftigt, Massage und Beauty. Ich bin frei! Lasst uns diese 2 Stunden genießen.

Wenn Ihr einverstanden seid, gebt mir das mit einem entsprechenden Blick morgen beim Frühstück zu verstehen. Ich bin dort wie immer zwischen 9 und 10 Uhr. Wenn Ihr Ja nickt, dürft Ihr mich morgen um Punkt 17 Uhr im Zimmer 235 erwarten. Ich komme! Der Womanizer".

Eine gewagte Aktion, die natürlich auch nach hinten losgehen konnte, aber ich war mir ziemlich sicher, dass ich ein Ja abstauben würde. Ich schlief sehr unruhig, da ich äußerst gespannt war auf das nächste Frühstück. Als es dann endlich soweit war, saßen die beiden tatsächlich schon an ihrem Stammtisch und grinsten mich an. Ein gutes Zeichen!

Als Andrea ihr Frühstücksbrot holte, nickten mir beide versaut zu, während Lea sich lasziv eine Erdbeere in den Mund steckte und Lara noch lasziver an einer Banane lutschte. Ich hatte längst einen Ständer unterm Tisch und freute mich schon unbeschreiblich auf den späten Nachmittag und frühen Abend.

Nach einem erholenden Relax-Strandtag war es endlich soweit: Andrea küsste mich zum Abschied und ich begleitete sie in den Wellness-Bereich, wo ich sie der Behandlerin übergab. Und nun schnell zu Lea und Lara! Aufgeregt klopfte ich bei 235. Die Tür öffnete sich. Die blonde Lea hieß mich herzlich willkommen und zog mich rein, direkt in die Arme Laras.

„Du bist ja ein Ehebrecher der besonderen Art", grinste mich Lara an, woraufhin ich neckisch zurückgab: „Stimmt gar nicht, ich bin nicht verheiratet." Abchecken. Sie mich. Ich sie. „Na, dann wollen wir mal, Tiger, die Zeit läuft." Startete Lea das Treiben und zog sich ihr Shirt aus. Darunter hatte sie nichts, nur ihre Silikon-Brüste, äußerst gut gemachte.

Auch Lara stand plötzlich oben ohne vor mir, ihre Brüste waren kleiner, aber sowas von formschön. Schon küsste sie mich auf den Mund und werkelte mein Hemd vom Oberkörper. „Wie oft kannst Du in 2 Stunden kommen?", fragte mich Lea, während sie in meiner Short meine Eier gefunden hatte und diese sanft kraulte.

„Normalerweise zweimal, für Euch vielleicht sogar dreimal", stöhnte ich die beiden Frauen-Luder an und ließ meinen Dong ins Freie. Lea und Lara vergeudeten keine verdammte Sekunde und knieten vor mir. Das Spiel hieß: Double Blowjob. Genüsslich und äußerst geil lutschten die beiden abwechselnd und gleichzeitig meinen Schwanz immer härter. Ihre Teamarbeit verriet mir, dass sie so etwas wohl schon öfter zuvor gemacht hatten, zu zweit einen Mann bedienen.

Ich stand da wie Romeo in paradise und genoss dieses extravagante Urlaubs- und Sex-Erlebnis. Lea konnte genauso gut blasen wir Lara, beide waren absolut eine Eins. Lea arbeitete mehr freihändig, während Lara beide Hände wichsend miteinsetzte. Nach etwa 6 Minuten wurde mir mächtig heiß und ich spürte, die Welt würde gleich nie wieder so sein, wie sie bisher war.

Ich kam. Junge, kam ich! Mit einem lautem „Ah!" zelebrierte ich meinen äußerst intensiven Orgasmus. Wie spritzig dieser war, weiß ich nicht, denn 90% meines Spermas verschwand in den gierigen Mündern der beiden Blase-Hasen, und zwar für immer. „Geil", dankte ich beiden für ihre erstklassige Arbeit, „jetzt seid Ihr dran, verwöhnt zu werden."

Ich kommandierte beide aufs Bett und entfernte ihre Shorts mit den Händen, ihre Slips mit den Zähnen. Lea und Lara hatten fast ein- und dieselbe Pussy. Unfassbar, so eine Ähnlichkeit. Haarfrei, aalglatt, einfach wunderschön! Symmetrische Schamlippen und Clits der Superklasse erwarteten mich.

Ich entschied mich für Lea. Die sollte zuerst kommen. Während ich sie leckte, wurde sie von Lara geküsst, während diese von mir gefingert wurde. Eine geile Dreier-Stellung! Mit meinen enormen Zungenfertigkeiten gelang es mir, dem Blondschopf in nur 3 Minuten einen Orgasmus zu züngeln. Bei Lara dauerte es etwas länger, etwa 5 Minuten, dann hatte auch ihre Muschi keine Chance mehr und musste einfach kommen. Meine Damen, eines kann ich Ihnen versichern:

Ich bin wirklich besser als jeder Womanizer Pro Vibrator! Spricht der schon eine Orgasmus-Garantie aus, dasselbe tue auch ich. Lea und Lara waren sprachlos, beide waren bereits gekommen, bevor es eigentlich richtig losging.

„Nochmal", wünschten sich beide. Gerne. 10 Minuten später hatten Lea und Lara jeweils ihren zweiten Orgasmus erlebt, und ich war derart geil, dass ich schon wieder konnte und wollte. „Jetzt ficken!", rief ich glücklich in den Raum hinein. „Hat wer ein Kondom?" Lara hatte und blies es mir über. Noch bevor ich genauere Anweisungen geben konnte, präsentierte Lara mir ihren Arsch. Also Doggy Style ihre Pussy verwöhnen.

Währenddessen lag Lea unter meinen Hoden und leckte und kraulte diese wunderbar. Nach ein paar Minuten verlagerte ich mein Gewicht, rutschte etwas zurück und zeigte Lea meine Künste als Missionarsjunge. Ich lag auf ihren gemachten Titten und bumste sie gut durch. Dann zog ich sie an die Bettkante und fickte sie aus dem Stand weiter. Stöhnen tat Lea nicht, zumindest hörte ich es nicht, da sie mit Lara zungenküsste. Auch gut.

Langsam merkte ich, dass jeder Fick auch mal ein Ende nehmen muss. Ich stand kurz vor dem Orgasmus und überlegte, wie ich diesen am besten zelebrieren möchte. Am besten beiden voll ins Gesicht wichsen. Etwas, das ich bei Andrea so nicht tue, bei Affären und One Night Stands ist so etwas einfach besser machbar. Ich riss ihn raus, riss mir die rote Gummihaube weg und schüttelte meine Salami über den point of no fucking return.

Lea und Lara wussten, was zu tun ist: Voll Porno knieten sie schon wieder vor mir und spielten mit ihren Möpsen und Mösen, während ich abspritzte. Mein zweiter Samenerguss in weniger als 60 Minuten war genauso dynamisch wie der erste. Ich schoss eine Menge Kinder ab und ertränkte beide Gesichter mit Leben.

Genüsslich spielten Lea und Lara ihre Geilheit aus und schauten mich dann strahlend mit ihren, meinen Sperma-Gesichtern an. Einfach nur geil. Waschen. Eine knappe Stunde hatten wir noch. Arm in Arm in Arm lagen wir da und erzählten es ein bisschen was über uns. Beide Tussen hatten Freunde zu Hause, lebten in Partnerschaften. Sie führten offene Beziehungen, wie sie sagten. Ich weiß nicht, ob dies tatsächlich stimmte, aber es war mir auch scheißegal, ob sie ihre Freude betrügen oder nicht. Als die Zeit langsam drängte, beschloss ich eine dritte und letzte Sex-Runde mit den Girls.

12

Ich sollte liegen bleiben und genießen. Lea hopste auf mich drauf und begab sich in die 69. Ihr Arsch und ihre Fotze in meinem Gesicht. Ich vergeudete keine Sekunde und startete damit, sie oral und manuell anzutörnen.

Ihr gefiel es, während sie meinen Dong schon im Mund hatte. Und was tat Lara derweil? Sie kniete zwischen meinen Beinen und teilte sich schwesterlich mit Lea meinen Schwanz. Mal spürte ich eine Hand so rum, mal anders rum. Mal ein Mund von vorne kommend, mal von der anderen Seite. Ich genoss dieses unfassbar geile Erlebnis sehr. Lea und Lara leisteten gute Arbeit.

Nach 15 Minuten rollte er an: Mein dritter Orgasmus des Abends. „Jetzt gleich", rief ich. Lea und Lara machten genauso schick weiter und bescherten mir das Paradies. Als beide in meine Arme krabbelten, war ich glücklicher als Moses nach der Teilung des Meeres. „Danke, Girls, es war fantastisch mit Euch", lobte ich sie und küsste beide auf den Mund zum Abschied.

10 Minuten später, nach einer blitzschnellen Dusche in Leas und Laras Zimmer, der den Geruch der beiden entfernte, holte ich Andrea im Wellness-Komplex ab. Meiner Freundin ging es fantastisch, sie hatte wunderbar relaxt und war so dankbar für dieses Geschenk. Nach leckerem Abendessen, bei dem ich mit Lea und Lara blickvögelte, schenkte mir Andrea eine erotische Massage mit very happy ending, meinem vierten Orgasmus des Tages.

Wir flogen im selben Flieger wie Lea und Lara wieder heim. Ich dankte Andrea für den tollen Urlaub und den beiden mit einer Abschiedsnachricht, die ich ihnen schnell zusteckte, für unser exklusives Erlebnis.

Ludereien – Lucy

Lucy war blutjunge 18 und absolvierte ein 5-tägiges Praktikum bei uns. Sie besuchte das Gymnasium, die 12. Klasse, und wollte unbedingt das vorgeschriebene Praktikum beim Fernsehen machen. Lucy war ein bulgarisches Teenie-Luder: Ihr Auftreten war souverän und sehr verführerisch, sie verdrehte allen Kollegen die Köpfe.

Sehr lange, dunkelbraune Haare, ein hübsches Engelgesicht, millimetergenau gezupfte Augenbrauen, wollustige Lippen, 1,75 m groß und modelschlank, ich schätzte sie auf 55 kg. Sie hatte kleine, aber formschöne Brüste, das konnte man erkennen, und einen unglaublich reizvollen Hintern in der Hose.

„Mann, mir gefällt es hier echt super!", sagte sie mir am zweiten Tag, als ich ihr im Gang begegnete und mich nach ihrem Befinden erkundigte. „Das ist schon eine geile Welt, in der ihr hier lebt." „Ja, finde ich auch", grinste ich zurück. „Ich will das später auch machen. Meinst Du, ich könnte bei Euch anfangen?" „Klar, warum nicht, aber davor solltest Du eine entsprechende Ausbildung abschließen", riet ich ihr. „Okay, kannst Du mir ein paar Tipps geben und mich beraten?" „Klar!"

Wir aßen Mittag und ich erkläre Lucy das Business und die Berufsbilder der Branche. Sie hörte interessiert zu und lächelte mich nett an. „Weißt Du was? Ich muss morgen für 2 Tage geschäftlich nach Frankfurt. Wenn Du willst, nehme ich Dich mit", schlug ich ihr vor. „Das wäre super!", jubelte sie. „Wann geht es los?"

„Schon in der Früh um 5:30 Uhr. Wir fahren mit dem Auto hoch und übernachten im Hilton. Am nächsten Tag sind wir am späten Nachmittag fertig und fahren dann zurück. Wird ein langer Trip." „Ich freue mich darauf!", bedankte sich Lucy für meine Einladung. Ich lief in mein Büro und buchte noch 1 Zimmer für sie. Andrea erzählte ich ganz ehrlich von der jungen Praktikantin und dass ich sie mit nach Frankfurt nehme. „Dann hat sie in der Schule was zu erzählen", argumentierte ich und nahm Andrea in den Arm. Sie verstand es und lobte mein tolles Menschliches:

„Wenn jeder Chef so wäre wie Du, dann würde das Arbeitsleben mehr Spaß machen", meinte sie stolz und drückte mich fest. Wir gingen früh schlafen, schließlich war die Nacht kurz, denn um 5:30 Uhr musste ich Lucy auf dem Firmengelände abholen.

Lucy erwartete mich gestylt wie Lady Gaga: Sie trug einen Minirock und ein buntes Shirt, darüber eine halb zerrissene Jeansjacke. Und Schminke hatte sie intus. Viel Schminke. Sexy Schminke.

In hohen Stiefeln stieg sie in meinen BMW ein, und ab ging die Fahrt. Ich düste mit weit über 200 km/h die Autobahn hoch, während Lucy noch müde war. „Ich penn eine Runde", sagte sie, zog sich Schuhe aus und stellte den Sitz auf Schlafposition. Da lag sie nun neben mir, hübsch und fertig. Sie lag fast flach da, ihre Beine waren frei und nackt. Ich begutachtete sie: Sie waren schön und glatt, jung und frisch. Ihr Rock verdeckte wirklich nicht viel, nur das Wichtigste. Schade.

Als wir ankamen, rüttelte ich die Kleine wach und wir checkten schnell im Hotel ein. Dann ging es ins Studio. Unsere Kooperationspartner erwarteten uns bereits und starteten mit der Show-Präsentation, mit der ich durchaus zufrieden war. Einige Kleinigkeiten aber gab es doch noch zu tun. An die Arbeit!

Um 19 Uhr beendeten wir die Session und fuhren zum Hotel zurück. Auf dem Weg sahen wir ein persisches Restaurant und entschlossen uns, es auszuprobieren. Das Essen schmeckte gut und wir unterhielten uns prima. Lucy erzählte mir von ihren Eindrücken und wie spannend das alles für sie sei. Ich freute mich. Weiter ins Hotel.

„Gehen wir heute Abend noch aus?", fragte sie mich im Fahrstuhl. „Wohin denn?" „Tanzen. Ich habe Lust auf Party!" „Hm", überlegte ich. Es war ein langer und harter Tag für mich gewesen, doch etwas Unterhaltung würde mir sicherlich gut tun. „Okay", willigte ich ein und wir verabredeten uns für 21:30 Uhr, Treffpunkt Rezeption.

Mich traf der Schlag, als ich Lucy wiedersah: Wollte sie auf den Strich? Anschaffen? Eine billige Nutte war edel angezogen gegen sie. In einem noch kürzeren Rock und durchsichtigem, bauchfreiem Shirt schleppte sie mich zum Auto. Lucys Brüste konnte man deutlich erkennen, sie schimmerten durch.

Sie gefielen mir. Wir fuhren zur Partymeile und entschieden uns für eine moderne Bar mit Tanzfläche und Musik im Keller. Nach 2 Bier wurde ich locker und amüsierte mich langsam.

Während Lucy wild tanzte und mit sämtlichen Typen blickvögelte, schaute ich in die Runde und entdeckte 2 hübsche Frauen auf einem Sofa. Die eine schaute mich geil an. Das war für mich Aufforderung, ihnen Gesellschaft zu leisten. Während ich mit den beiden attraktiven Damen flirtete, hatte sich Lucy einen Kerl gekrallt und umgarnte ihn. Der Prolet wurde schnell schwach und hing ihr an den Titten. Wild knutschten sie auf der Tanzfläche, was mich nicht störte, ich hatte ja gute Gesellschaft.

Ling war äußerst süß und geil auf mich. Ihre Schwester Ming nicht. Ling war Studentin, Halbasiatin, deutschstämmig. Sie trug ein tiefes Dekolleté und präsentierte ihre für ein Mädel japanischer Abstammung recht großen Brüste. Während Ming sich ausklinkte, ging ich in die Flirtoffensive und kam Ling näher. Wir saßen nun dicht zusammen. „Willst Du tanzen?", fragte ich sie und zog sie mit hoch. Sie hatte keine andere Wahl.

Geschmeidig bewegte sie sich und tanzte nun den Tanz der 7 japanischen Schleier. Immer näher tanzte sie an mich heran, bis sich unsere Lippen streichelten. Fühlte sich gut an. Also weiter. Erste Küsse, intensivere Küsse, Knutschen. Ich blickte kurz nach rechts, Lucy tat dasselbe mit ihrem Muskelprotz.

Die Ling wollte mehr: „Zu mir oder zu Dir?", fragte sie mich unverblümt. „Beides geht leider nicht", sagte ich. „Ich bin mit dem Mädel hier, die gerade mit dem Typen rummacht, wir kommen aus München und ich bin für sie verantwortlich, wir müssen zusammen gehen." „Schade", meinte Ling traurig."

Eine Lösung gab es nicht. Wir tanzten noch zusammen und knutschten ein bisschen, bis Ling traurig mit ihrer Schwester den Laden verließ. Ich blickte in die Runde, Lucy war immer noch am Feiern, aber alleine. Ich zog sie beiseite und fragte sie: „Wo ist Dein Stecher?" „Nach Hause gegangen", brüllte sie mir ins Ohr. „Ich dachte, ihr würdet …" „Poppen? Ja, wollten wir, aber wo denn? Hey, wir 2 sind zusammen gekommen und wir 2 müssen auch wieder zusammen gehen. Hotel und so." Ein kluges Mädchen. 1 Stunde später hatte sich die Lucy ausgetanzt und meinte, wir können jetzt abzischen.

Ab ins Auto, ins Hotel. Im Auto schaute mich Lucy fragend an: „Und Du? Du hast doch mit der Asia-Perle rumgemacht. Die war ganz schön geil auf Dich, das habe ich gesehen." „Ja, ich hätte gerne mit ihr ..." „Gepoppt? Und warum hast Du es nicht gemacht?" „Wir wollten ja, aber wo denn? Und übrigens: Wir 2 sind zusammen gekommen und wir müssen zusammen gehen. Hotel und so. Deshalb ging es nicht." Wir lachten.

Als wir auf dem Weg in unsere Zimmer waren, schaute mich Lucy verführerisch an und meinte: „Ich will aber heute unbedingt poppen. Ich bin furchtbar geil!" Ich schaute sie mit großen Augen an. „Hast Du Lust?", fragte sie mich. Da gab es nichts mehr zu überlegen. Schon waren wir in meinem Zimmer und Lucy ließ ihr kurzes Röckchen fallen.

Darunter hatte sie einen roten String-Tanga, der ihren Po perfekt in Szene setzte. Schwupps, zog sie sich ihr Shirt aus, nun sah ich ihre Brüste live and in colour. Sie waren wunderschön! So spärlich bekleidet schritt sie selbstsicher auf mich zu und drückte mich aufs Bett. „Du bist ein kleines Luder", grinste ich sie an. „Ein kleines? Ein großes!", lächelte sie und zog mir meine Jeans mitsamt U-Hose in einem Ruck aus.

Ich entledigte mich meines Hemdes. „Leg Dich hin und entspanne", bereitete sie das Spektakel vor. Wie eine Stripperin räkelte sie sich vor meinen Augen, dass mir schwindelig wurde. Dann berührte sie mich. Ihre Hände wussten ganz genau, was ein Mann will.

Schnell waren sie an meinem Penis und spielten ihn knallhart. Ich lag da und genoss. Ihre handgroßen Brüste hingen mir entgegen, sie wollten nun Bekanntschaft mit meinen Lippen schließen, also zog ich Lucy weiter zu mir nach unten und fing an, an ihren Nippeln zu saugen. „Geil, weiter!", stöhnte sie lustvoll und massierte meinen Dödel.

Nach ein paar Minuten flüsterte sie mir ins Ohr: „So, und jetzt verwöhne ich Dich mit dem Mund." Als sie meinen Schwanz in den Mund nahm, drehte ich fast durch. Gekonnt lutschte sie den Schaft auf und ab und wichste zwischendurch immer wieder mit der Hand. Wie gerne hätte ich ihr in den Mund gespritzt, doch sie hatte anderes vor: Sie wollte ficken. Schon hockte sie auf mir und drückte meine Salami in sich hinein.

Kondom – Fehlanzeige. Ihren Tanga hatte sie immer noch an, er saß aber nicht mehr richtig, sondern war verschoben, weil mein Penis Platz brauchte. Schamhaare hatte sie keine, Hemmungen auch nicht.

Wild und geil ritt sie genüsslich auf mir herum, bis ich nicht mehr konnte. „Ich komme gleich!", stöhnte ich und bereitete mich auf den Orgasmus vor. Lucy beendete ihren Ritt auf der Stelle und blieb regungslos auf mir sitzen. So kam ich und erlebte einen bombigen Höhepunkt in ihr. Ich spürte jede Zuckung und jeden Schuss meiner Röhre. Ein geiles Gefühl!

Jetzt wollte ich ihr ebenfalls das schöne Gefühl schenken und begann sie zu lecken. Ihre Schamlippen waren zart, ihr Kitzler hart. Lucy drückte meinen Kopf tiefer in ihren Schoß und hechelte wie eine läufige Hündin. Nach 4 Minuten stieß sie lange, laute Schreie aus und signalisierte mir so, dass sie das oberste Ende der Fahnenstange erreicht hatte. „Junge, Junge, Du kannst gut lecken!", lobte sie mich und schnaufte aus.

Da lagen wir beide. Ich streichelte ihren mädchenhaften Körper und hörte ihr Seufzen. So lagen wir da. 10 Minuten, 20 Minuten, kein Ton, kein Wort. Plötzlich spürte ich ihre Hand erneut an meinem Penis. „Und jetzt blase ich Dir einen", versprach sie mir und kniete sich seitlich neben mich. Ich ließ sie machen und freute mich auf einen Blowjob der Superlative:

Ihre rechte Hand umfasste meinen Penis sanft und führte ihn zum Mund, der erstklassig arbeitete. Tiefe langsame Züge, dann tiefe schnelle. Ich schenkte diesem Teenie-Luder all meine Aufmerksamkeit und wollte zusehen, wie ich kam, doch kurz bevor es soweit war, legte sie sich seitlich über meinen Oberkörper und verdeckte mir die Sicht. Ich spürte meine Eier jubilieren und kündigte ihr den Höhepunkt an. Mit ihrer rechten Hand vollendete sie ihr Werk kräftig. Ich krampfte zusammen und spürte meinen Bauch zucken. Ihr kleiner Körper hob und senkte sich mit meinen Kontraktionen.

Als sie sich nach beendigter Arbeit zu mir drehte, erkannte ich sie kaum wieder: Ihr Gesicht war spermaüberflutet! Geil! Genüsslich leckte sie sich mein Vitamin F in den Mund und lächelte mich verträumt an. Ich schwebte. Die Nacht schliefen wir gut, sie bei mir im Bett, aber auf ihrer Seite.

Am nächsten Morgen sollte mich der Wecker um 8 Uhr aus den Federn blasen, stattdessen tat dies Lucy um 7. Ich wurde wach und spürte etwas Warmes, Nasses an mir: Es war Lucys Mund. Sie lag zu meinen Füßen und blies mir genüsslich einen hoch. Ich warf meine Müdigkeit weg und spielte mit.

Nun war ich an der Reihe und leckte ihre saftige, kahle Pussy. Ich wollte sie in der Missionarsstellung rammeln und tat dies volle Pulle! Sie lag da, hübsch und breitbeinig, und nahm meine harten Stöße professionell. Nach 5 Minuten Stellungswechsel. Löffelchen: Seitlich von hinten stieß ich ihn ihr hinein, zuerst in Luke 1, dann in Luke 2, die ihr auch gut gefiel.

Zum Schluss Reiten. Das konnte sie ja verdammt gut. Elegant nahm sie auf meinem Becken Platz, aber diesmal verkehrt herum, also mit ihrem Rücken zu mir, und begann, mich ins Reich der sexuellen Erfüllung zu entführen. Sie kam laut und intensiv. Ihre Bewegungen wurden langsamer, aber intensiver, ihre Scheide verengte sich fast ums Doppelte und übte nun einen wahnsinnigen Druck um meinen Schwanz aus, dem dieser nicht standhalten konnte. Ich kam ebenso laut und intensiv.

Stunde später waren wir im Studio. Dort gab es Ärger, da die beiden Projektleiter noch nicht da waren. „Verschlafen", war ihre Ausrede, als sie 30 Minuten zu spät eintrudelten. Ich machte Rabatz und war erzürnt. Um 17 Uhr war alles geschafft und Lucy und ich befanden uns auf dem Rückweg nach M.

„Es war ein tolles Erlebnis mit Dir", grinste mich Lucy an und drückte mir Bussis auf, „aber vorbei ist es noch nicht." Mit diesen Worten beugte sie sich in meinen Schoß und öffnete meinen Hosenstall. Was soll das, wir sitzen hier im Auto und ich düse mit 220 km/h auf der Überholspur – was hat sie vor?

Bevor ich den Gedanken zu Ende denken konnte, hatte sie ihn in der Hand. „Was machst Du?", fragte ich sie aufgeregt. „Konzentrier Dich und fahr", säuselte sie, „ich werde Dich ein bisschen verwöhnen." Mit diesen Worten stopfte sie ihr Mündchen mit meinem Schwanz. Sie blies mir einen im Auto auf der Autobahn. Wie riskant! Wie geil! Langsam lutschte sie meine Banane frisch und bekam Lust auf more. Ich auch. Der nächste Parkplatz war der unsere. Im Affentempo bog ich raus und blieb stehen.

Zum Glück war kaum etwas los, nur 2 Autos parkten da doof rum. Wir kletterten auf die Rückbank und legten los. Lucy unten, ich oben. Geschickt fickte ich sie, bis ich in ihr kam. Lucy rubbelte dabei ihre Klitoris wild und bebte ein paar Sekunden nach mir zum Höhepunkt. Als wir fertig waren, klopfte es laut an unsere Scheibe. Ich blickte einer älteren Dame in die Augen. Die fuchtelte und blökte uns blöd an. Auf dieses Geschnatter hatte ich keine Lust.

Ich zog mir die Hose hoch, sprang nach vorne und ließ sie im Auspuff stehen. Als wir wieder fuhren, grinsten Lucy und ich uns an und begannen furchtbar zu lachen. „So etwas Peinliches habe ich lange nicht erlebt!", prustete ich los. „Ach was", lächelte Lucy, „das war witzig! Die Alte schaute wie ein Bahnhof und hätte uns wohl am liebsten umgebracht."

„Die weiß nicht mehr, was guter Sex ist", grinste ich und küsste Lucy zielsicher auf den Mund. 1 Stunde vor München wurde Lucy wieder wach. Sie hatte niedlich geschlafen und sich vom Parkplatz-Sex erholt. Verführerisch schaute sie mich an: „Hast Du Lust auf ein letztes Mal?" Was für eine blöde Frage: Natürlich! Also los! Erneut beugte sie sich in meinen Schoß und holte meinen Dong hervor.

Mit Engelshänden und Teufelszunge stimulierte sie ihn sowas von vollsteif. Noch bevor ich auf den nächsten Parkplatz fahren konnte, überschritt ich den point of no return und kam in Lucys Mund. Lucy war überrascht von meiner Ladung und zuckte, dann schluckte sie tief.

Ich kam und baute fast einen Unfall. Der Orgasmus war so stark, dass ich auf dem Gas blieb und um ein Haar einen Audi vor mir rammte. Zum Glück ist nichts passiert. Ich schaute nach unten und Lucy nach oben. Mein Sperma befand sich nicht nur in ihrem Mund, auch an ihren Lippen, an ihrer Nase und ihrer Wange. Geil!

Kurz darauf war das Abenteuer Lucy vorbei. Ich brachte sie nach Hause und versprach ihr, dass sie jederzeit wiederkommen könne für ein weiteres Praktikum.

First time – Alice

Bowling ist ein schöner Sport und Ausgleich, den ich seit vielen Jahren betreibe. Mir macht es großen Spaß, Strikes zu werfen und die Pins zu zerstören. Alle weg! Andrea kann mit Bowling nichts anfangen, also ist das mein freier Mittwochabend. Über die Jahre habe ich einige nette Menschen kennengelernt, welche dieses Hobby mit mir teilen.

Jeden Mittwoch treffen wir uns und spielen 4 Stunden, von 19 bis 23 Uhr, zusammen ein spannendes Turnier. Unsere Gruppe besteht aus knapp 20 Spielerinnen und Spielern, doch nicht immer können alle. Meistens sind wir an einem Spieltag zwischen 6 und 10 Personen. Immer wieder verlassen manche die Gruppe, weil sie wegziehen, Vater oder Mutter werden, andere Prioritäten im Leben gewonnen haben, und immer wieder kommen auch neue dazu. So ein Neuzugang war Alice, frische 23 Jahre jung und Verkäuferin im Kaufland.

In unserer Gruppe waren schon zwei Mitarbeiterinnen derselben Filiale und hatten Alice überredet, mal mitzukommen. Ihr gefiel es bei uns und sie kam wieder. Als ich Alice zum ersten Mal sah, dachte ich, sie sei lesbisch. Kurze, blonde Haare, lesbische Gesichtszüge, lesbische Bewegungen, das erkennt der Womanizer sofort.

Sie war hübsch, etwa 1,74 m groß und 56 kg schlank. Vorsichtig integrierte sie sich in die Gruppe, blieb aber zunächst in sicherer Nähe zu ihren Kolleginnen Claudia und Dani. Ihr erster Auftritt war spieltechnisch mangelhaft, eine 5. Gerade mal 70 Pins schaffte sie im Schnitt auf 8 Runden. Beim nächsten Mal waren es schon 80. Gut! Wir lernten Alice von Mal zu Mal besser kennen.

Schüchtern war sie immer noch, sie war eine Frau von wenigen Worten. Ihr Style war nicht meiner, und trotzdem hatte sie irgendetwas an sich, was mir mächtig gefiel. Tätowiert war ihr Körper auch: An der rechten Wade ein Portrait von Mona Lisa, am Rücken etwas Großes, das ich nur seitlich sehen konnte. Ich versuchte, mehr über sie zu erfahren, aber sie gab sich wortkarg und machte sich so noch interessanter für mich.

Nach 6 Wochen wusste ich endlich, dass sie in einer Beziehung war. 2 Wochen später wusste ich auch mit wem: Mit einer 10 Jahre älteren Arbeitskollegin namens Judith. Hatte ich es doch gewusst! Ja, der Womanizer ist ein Hellseher. Ein Menschenkenner. Er erkennt Lesben auf 1000 m Entfernung. Irgendwann war der Damm gebrochen und Alice öffnete sich uns, vor allem mir. Sie war Lesbe seit dem 7. Lebensjahr. „Da wusste ich, dass ich auf Frauen stehe", nickte sie.

4 Beziehung hatte sie vorzuweisen, dazu viele „kurze Sachen und Abenteuer". Einen Mann habe sie noch nie gehabt. Mochte sie auch nicht. Sie stehe voll und ganz auf Frauen. Nix bi. Schade, dachte ich. Ich erzählte ihr von meiner Beziehung mit Andrea und meinen beiden kleinen Kindern. Sie freute sich.

Mir war klar, dass Alice tabu war, also entwickelte sich ein freundschaftliches, sportliches, kumpelhaftes Verhältnis mit ihr. Nach jedem Match, das wir gegeneinander spielten, umarmten wir uns. Das machen wir immer so, mit jedem. Die Umarmungen mit Alice waren immer etwas Besonderes. Sie dauerten länger als die mit den anderen, und waren inniger, enger.

Eines Tages ging es Alice nicht gut, sie klagte über viel Stress. Als ich nachfragte, erklärte sie: Beziehungsprobleme mit Judith. Massive! Denn Judith hatte sich in einen Mann verliebt und wollte nun die Beziehung mit Alice zu einer Dreier-Geschichte ausbauen und sich die Freiheit nehmen, neben Alice auch Georg lieben zu dürfen. „Das will ich nicht", sagte Alice traurig und wollte von mir gedrückt werden.

„Ich verstehe sie nicht. Sie bekommt alles von mir. Ich erfülle ihr all ihre Wünsche, beziehungstechnisch sowie sexuell. Warum steht sie auf einmal auf einen Mann? Sie hatte noch nie einen, war immer Lesbe. Das tut mir weh!" Ich tröstete meine Lesbe und beruhigte sie. „Vielleicht ist es nur eine Phase. Vielleicht ist sie neugierig geworden und möchte es einmal in ihrem Leben ausprobieren wie es ist mit einem Mann."

„Sie hat es schon ausprobiert, die beiden hatten schon Sex miteinander, und sie will es wieder tun", heulte mir Alice unter 4 Augen ins Hemd. „Und sie fand es auch noch schön mit ihm." Ich konnte ihr nicht helfen. Mehr als ihr meinen Trost zu schenken und ihr gut zuzureden, konnte ich nicht.

In den Folgewochen erfuhr ich, dass Judith nun eine richtige Affäre mit Georg gestartet hatte und zweispurig fuhr. Sie lebte mit und liebte Alice, gleichzeitig datete sie Georg. Alice nahm das Ganze unglaublich mit. Trennen wollte und konnte sie sich nicht von Judith, dafür liebte sie sie zu sehr.

Wochen vergingen. Eines Spielabends vertraute mir Alice etwas Spannendes an: „Weiß Du was, die Judith hat mich jetzt echt neugierig gemacht, wie das ist, auch mal Sex mit einem Mann zu haben. Sie erzählt, dass es etwas ganz anderes ist, als Sex mit einer Frau. Ich habe noch nie Sex mit einem Mann gehabt. Noch nie einen geküsst, noch nie mit einem geschlafen. Interessieren würde mich das schon. Ein einziges Mal."

„Ja, warum nicht? Versuche es. Probiere es aus, dann weißt Du, wie das ist." „Stell Dir vor, die Judith hat mir ihren Georg angeboten, er sei offen dafür, aber mit dem will ich nicht. Er ist eklig." „Für diesen Test würde ich nicht irgendeinen Mann nehmen. Du hast meiner Meinung nach 2 Optionen:

Entweder nimmst Du einen Unbekannten, den Du niemals mehr wiedersehen wirst, oder Du nimmst einen besonderen Mann, dem Du vertraust und der Deine Lage kennt und auf Dich eingeht", beriet ich sie. „Ein Fremder wäre vielleicht Praktischer, aber das will ich nicht. Kann ja auch voll in die Hose gehen. Lieber einen Bekannten, dem ich vertraue."

Als sie mir tief in die Augen blickte, wusste ich, was der Zeiger geschlagen hatte: „Wieso siehst Du mich so komisch an?", fragte ich nervös. „Kannst Du nicht der Mann sein? Wenn, dann nur mit Dir", antwortete mir Alice und drückte mich. Ich wusste nicht, wie ich reagieren sollte. Alle anderen Bowlerinnen und Bowler unserer Gruppe bekamen von alledem natürlich nichts mit, wir nutzten die Spielpausen, um diese Gespräche zu führen, diskret und unter 4 Augen. Entweder auf unserer Bahn-Sitzecke oder draußen, wo Alice gerne eine rauchte.

„Grundsätzlich gerne", gab ich zurück, „Du weißt aber, ich habe Frau und Kinder. Aber Du weißt ja auch, dass ich nicht ganz treu bin." Ich hatte ihr hin und wieder mal von dem einen oder anderen Abenteuer erzählt. „Normalerweise habe ich Sex mit Frauen, die mich wirklich wollen, weißt Du? Die heiß und geil auf mich sind. Das ist dann toll, so macht Sex Spaß.

Ich hatte noch nie mit einer Frau Sex, die lesbisch ist und einfach mal so einen Mann ausprobieren möchte, um zu wissen, wie das ist. Ohne richtige Lust und Geilheit. Ich weiß nicht, ob ich das kann." „Hey, ganz so ist es ja nicht", beruhigte mich Alice. „Wenn ich nicht lesbisch wäre, wärst Du der erste Mann, den ich anbaggern würde. Du bist ein toller Typ. Attraktiv, sexy, schick, intelligent, der perfekte Mann eigentlich, wenn ich halt nur nicht lesbisch wäre.

Es würde mir viel bedeuten, wenn Du Ja sagt. Ich wüsste sonst keinen, mit dem ich das ausprobieren wollen würde." „Na gut, überredet", schlug ich ein, „aber unter 2 Bedingungen: Keiner darf das erfahren von meinem Umfeld, und es darf und soll unsere Freundschaft nicht gefährden oder verändern."

„Einverstanden", nickte Alice, „das wird und bleibt unser Geheimnis. Und zwischen uns wird sich nichts verändern." Gut. Das beste Zeitfenster für mich war in der Tat ein Bowling-Abend. Da war ich von 19 bis 23 Uhr geblockt. Genauer gesagt von 18:30 bis 23:30 Uhr inklusive Anfahrt, Aufwärmen, Siegerehrung und Rückfahrt. 5 Stunden, die ich meiner Andrea gegenüber nicht rechtfertigen muss. Ich schlug Alice vor, einmal das Turnier auszusetzen und stattdessen unseren Sex-Abend zu gestalten. Sie war sofort einverstanden. Unserer Bowling-Truppe teilten wir jeweils unser Aussetzen mit, alles gut.

1 Woche später packte ich wie immer meine Bowling-Tasche ins Auto und küsste Andrea Bye. Doch statt ins Bowling Castle fuhr ich 15 km weiter nach Markt Schwaben, wo mich Alice in ihrer Wohnung erwartete. Judith war außer Haus, sie blieb die Nacht bei Lover Georg, dafür hatte Alice gesorgt. „Die Judith weiß, dass ich heute männlichen Besuch habe und was passieren wird, aber Du bist anonym", grinste sie und hatte somit ihren Teil unserer Abmachung erfüllt. Nervös war sie, ich auch. Nach etwas Alkohol, „um locker zu werden", fragte sie: „Und jetzt?" „Wie ´und jetzt´?", fragte ich zurück.

„Wie sollen wir anfangen?" „Deine Entscheidung, Alice. Du entscheidest, was Du ausprobieren möchtest. Ich mache alles gerne mit." „Ich will alles ausprobieren", gab sie mir zu verstehen, dass dies ein sehr spannender Abend werden würde. „Magst Du mit Küssen anfangen?", schlug ich ihr vor.

„Ja", lächelte sie und kam auf mich zu. Wir standen voreinander und sie küsste mich. Sehr mechanisch erstmal. Sehr vorsichtig. Als wenn ich ein Krokodil wäre. Ich hielt mein Temperament zurück und küsste vorsichtig mit. Nach 1 Minute wurde sie sicherer, nach 4 Minuten war es richtig küssen. Sie hatte mich längst umarmt und genoss mit geschlossenen Augen zum ersten Mal eine männliche Zunge in ihrem Mund.

Ich muss zugeben: Alice konnte verdammt gut küssen! In ihrem Lesben-Leben spielte Küssen wohl eine besonderes wichtige Rolle. Sehr sinnlich und zärtlich spielte sie mit ihren Lippen an meinen, erotisch lernte sie mit ihrer Zunge meine kennen. Nach etwa 8 Minuten Knutschen setzte sie seufzend ab und öffnete ihre Augen. „Oh, war das schön!", strahlte sie mich an. „Und wie war es für Dich?" „Auch sehr schön", grinste ich. „Sollen wir einen Schritt weitergehen?" „Von mir aus gerne, ich bin bereit", gab ich meine Einwilligung. „Dann ziehen wir uns mal aus, oder?" „Okay", sagte ich. Alice war schneller.

Rasch hatte sie sich ihr T-Shirt abgestreift und ihren BH auf den Boden fallen gelassen. Schöne, jugendliche Brüste sah ich. Mittelgroß, formschön, mit großen Brustwarzen. Ein kleines Nabel-Piercing glitzerte mich an. Ihre Jeans war auch schon weg, dann fiel ihr Höschen. Unschuldig stand sie nackt vor mir.

Ich stand da, oben ohne, Hose an den Knöcheln, Unterhose an, und starrte sie an: Bildschön war ihr Körper! Wohlgeformte Oberschenkel und Venushügel vom Allerfeinsten. Blanke Muschi. 15 Sekunden später stand auch ich splitterfasernackt vor ihr. Sie betrachtete meinen Körper genauso wie ich ihren und blieb an meinem Ständer hängen. „Soll ich Dich zuerst anfassen oder magst Du zuerst mich?", startete ich die nächste Konversation.

„Ich traue mich noch nicht. Starte Du bitte." Alice legte sich aufs Bett und schloss ihre Augen. Ich gesellte mich zu ihr und startete mit zärtlichen Berührungen an ihrem Hals. Darauf reagierte sie sehr empfindlich. Das gefiel ihr. Nun küsste ich auch ihren Hals und wanderte tiefer zu den Brüsten. Diese liebkoste ich überaus zärtlich und prickelnd. Alice stöhnte, genoss und vertraute mir. Es war überaus spannend, eine hübsche Lesbe, die nichts von Männern will, zu befriedigen.

Ihrer harten Brustwarzen in meinem Mund fühlten sich so sexy an. Ich streichelte und küsste weiter, ihren Bauch entlang, bis zu ihrem gepiercten Nabel. Je tiefer ich kam, desto erregter wurde sie. Ganz bewusst umfuhr ich ihren Venushügel und küsste und streichelte an den Oberschenkeln weiter.

Ich roch und spürte bereits ihren Pussy-Saft. Ich setzte kurz ab: „Wenn Du magst, mache ich weiter, Du weißt schon. Soll ich?" „Ja, bitte", stöhnte sie mit geschlossenen Augen und spürte wenige Sekunden später zum ersten Mal eine Männer-zunge an ihre Pussy. Wenige Sekunden später zum ersten Mal eine Männerzunge in ihrer Pussy. Alice war zwar Voll-Lesbe, aber gefühlskalt war sie nicht, denn meine Zungenspiele zeigten beeindruckend Wirkung. Noch bevor ich richtig loslegte, kam sie zu ihrem Orgasmus. Sie zuckte und kreischte sehr hoch, eine Stimmlage, die ich so von ihr nicht kannte.

Ich streichelte und küsste ihren Intimbereich weiter, bis sie sich von ihrem Höhepunkt erholt hatte und mich anblickte: „Das war wunderschön, viel schöner als erwartet, danke!" Kur-ze Pause. „Kannst Du es nochmal machen?" Natürlich konnte und wollte ich. Muff-Diving Teil 2.

Ich küsste ihre Schamlippen rauf und runter, bis ich wieder ihre Klitoris hatte. Diesmal saugte ich stärker an ihr und fingerte mit meinem Zeigefinger am Eingang ihrer Scheide he-rum. Alice schmeckte gut! Und Alice kam auch gut. 3 Minuten später erlebte sie schon ihr zweites Highlight des Abends.

Ich streichelte aus und legte mich neben sie. „Und, wie war´s für Dich?", fragte ich sie mit hochgezogener Augenbraue. „Echt wunderschön. Tausend Dank dafür, mein Freund. Es war die absolut richtige Entscheidung, Dich dafür auszuwählen. Du bist der Beste." Dafür küsste sie mich. Aber nicht einmal kurz, sondern einmal lang. Ganze 4 Minuten Knutsch-Kuss.

Dann schaute sie mich an: „Darf ich jetzt Dich berüh-ren?" „Na klar, mach schon", zwinkerte ich und wartete auf ihr erstes Mal. Sie tat es genauso wie ich bei ihr: Sie startete mit zärtlichen Berührungen an meinem Hals. Darauf reagierte ich sehr empfindlich. Das gefiel mir. Nun küsste sie meinen Hals und wanderte zu meinem männlichen, wohlgeformten Brustbe-reich. Diesen liebkoste sie überaus zärtlich und prickelnd.

Sie streichelte und küsste meinen Bauch entlang. Je tiefer Alice kam, desto erregter wurde ich. Ganz bewusst umfuhr sie meinen Penis und küsste und streichelte an den Oberschenkeln weiter. Mein Penis stand bereits wie eine Eins mit Stern und wollte endlich Alices volle Aufmerksamkeit. Da, endlich!

Endlich der erste Kontakt. Alice streichelte sanft an ihm vorbei und berührte dabei spielerisch den Schaft. Zum ersten Mal in ihrem Leben spürte sie einen Penis. Kurz darauf auch Hoden. Mutiger wurde sie und streichelte Penis nun auf und ab. Ganz zart, ganz vorsichtig. Ich genoss, es fühlte sich mega an. „Mache ich das richtig? Ich bin total unsicher. Kannst Du mir Tipps geben?" Fragte sie mich. Es fühlte sich an wie unser aller erstes Mal, wenn unschuldige Mädels zum ersten Mal Schwanz spüren und der männliche Part dies genießt.

„Es ist genau richtig, so wie Du es tust. Jetzt darfst Du ihn auch in die Hand nehmen. Einfach zugreifen, so wie einen Hammer umfassen." Alice versuchte es mit ihrer linken Hand und griff fest zu, wie einen Hammer." „Nicht ganz so fest bitte", ermahnte ich sie. Schnell hatte sie die richtige Stärke gefunden.

„Ja, fühlt sich prima an. Und jetzt die Vorhaut langsam rauf und runter bewegen." Alice folgte meinen Instruktionen und schob ihre linke Hand hoch und runter. Meine Vorhaut musste mit. Tat das gut! „Gut so?" „Ja, perfekt!" Instinktiv wurde sie langsam schneller.

Zwischendurch wechselte sie die Hand, rechts war auch schön, aber mit links konnte sie besser. Als Linkshänderin kein Wunder. „Mach mit links", bat ich sie und genoss. Alice hatte nun Sicherheit und genau das richtige Tempo gefunden, wie sie mir Spaß bereiten konnte. Auch sie hatte Spaß, sie lächelte zufrieden und gab sich gleichzeitig hochkonzentriert beste Mühe. Sie wichste gut. Ich merkte, dass bald der Moment anstand.

Ihre erste produzierte Samenausschüttung nahte. „Alice, gleich komme ich. Mach, wenn ich komme, genauso weiter, nicht aufhören beim ersten Ausschuss. Einfach so weitermachen und dann, wenn alles raus ist, langsam langsamer werden und ausstreichen. Okay?" „Okay", summte sie mir gespannt zu und hielt die Spannung. Noch 10 Sekunden. Noch 9. 8. 7. 6. Noch 5 Sekunden. 4. 3. Noch 2. Noch 1 Sekunde. JETZT!

„Jetzt!" Ich kam. Meine erste Spermaladung spritzte hoch, wie immer bei mir. Alice rief „Hui" und grinste. Weiter ging´s: Ich kam brutal und Alice erledigte ihren Handjob sensationell gut. Sie wichste so lange, bis ich ihr das Zeichen gab, aufzuhören.

„Habe ich das gut gemacht?" „Und wie", lobte ich Alice, „das war ein fantastischer Handjob. Hast Du prima gemacht. Danke." Sie war genauso glücklich wie ich. „Kannst Du nochmal später? Ich möchte gerne alles ausprobieren mit Dir, auch blasen und mit Dir schlafen."

„Keine Sorge", berichtigte ich sie, „in den 5 Stunden, die wir Zeit haben, kann ich sicher dreimal kommen. Wir schaffen definitiv alle Varianten mit entsprechendem Abschluss." Sie freute sich. Nackt saßen wir uns gegenüber und sie reinigte sich von meinem weißen Saft. Feuchttücher sind dazu das Beste.

Die Pause kuschelten wir. Alice war eine Kuschelmaus und fühlte sich wohl auf meiner Brust. „Wenn Du magst, lecke ich Dich nochmal", bot ich ihr nach einer schönen, entspannten halben Stunde an. „Oh ja, gerne", strahlte sie und begab sich in Position. „Wenn Du magst, können wir auch 69 machen und uns gegenseitig gleichzeitig mit dem Mund verwöhnen."

„Nein, lieber nacheinander", korrigierte mich Alice, „ich bin sehr unsicher, wie das mit dem Blasen geht, da brauche ich volle Konzentration und Deine Tipps, daher lieber zuerst Du mich und dann ich Dich." So sollte es sein. Alica spreizte ihre Beine und gewährte mir Zugang zu ihrer süßen Lesben-Pussy.

Ich entschied mich diesmal für meine legendäre Twister-Leck-Technik à la Katja, nachzulesen in meiner Buch-Serie „Ich, der Fremdgeher". Diese Methode ist die erfolgreichste von allen: Sie beschert jeder Frau einen Hammer-Orgasmus! So auch Alice. Ehe sie begriff, was gerade mit ihr geschieht, explodierte sie schon und drückte ihr Becken weit nach oben.

Doch entkommen konnte sie mir nicht. Ich leckte tief weiter, unter Einbezug meiner Finger, sodass sie noch ein zweites Mal kam. Schweißgebadet schaute sie mich mit großen Augen an: „Verdammt, ich wünschte, Judith könnte so gut lecken wir Du! Das war außergewöhnlich gut. All die Frauen, die ich hatte, fast alle könnten von Dir noch etwas lernen." Ich nahm ihr Lob grinsend an und fühlte mich mal wieder bestätigt.

Es lohnt sich doch, möglichst viele Erfahrungen mit möglichst vielen Frauen zu machen, nur so wird man zu einem Sex-Experten und Frauenkenner. „Der Wahnsinn, echt! Deine Frau muss unfassbar glücklich und dankbar sein, Dich als Mann und Liebhaber zu haben."

„Das ist sie auch", protzte ich. Ja, das ist sie. Nun war es Zeit für Schritt 2: Den Blowjob. „Magst Du es jetzt mit dem Mund machen?", fragte ich Alice. „Ja, aber Du musst mir helfen. Ist – wie Du weißt – mein erstes Mal. Und nicht böse sein, wenn ich mich ungeschickt anstelle oder es nicht gut kann."

„Also, ein Blowjob ist für den Mann etwas ganz Besonderes. Wichtig ist dabei, ihn nicht zu verletzen. Also nicht beißen oder so. Manche Frauen nehmen auch nur die Penisspitze in den Mund, und auch nur 1 mm tief. Das reicht nicht. Ein guter Blowjob sieht so aus:

Nimm den Penis in eine Hand, mit der anderen kraulst Du die Hoden oder streichelst die Oberschenkel entlang oder die Brust. Dann nimmst Du ihn in den Mund, erstmal ganz vorsichtig. Dadurch wird er feucht. Nun lutscht Du an ihm wie an einem Eis. Kennst Du ja, Stiel-Eis. Du fährst mit Deinen Lippen hoch und runter und wieder hoch und runter. Kennst Du ja sicher aus Pornos.

Dabei kannst Du Deine Zunge einsetzen und den Penis sanft umkreisen. Zwischendurch darfst Du ein bisschen wichsen, das kannst Du ja sehr gut, dann wieder weiter mit Mund. Du wirst schon spüren, ob Du es gut machst. Je steifer er wird, umso mehr gefällt es ihm.

Wenn der Mann kommt, hast Du 2 Möglichkeiten: Entweder Du machst es ihm mit der Hand zu Ende, wenn Du kein Sperma in Deinen Mund haben möchtest, oder Du bläst einfach weiter, bis er in Deinen Mund kommt. Hier hast Du 3 Optionen: Erstens: Du schluckst das Sperma. Ist überhaupt nicht schlimm, sogar sehr gesund. Zweitens: Du sammelst das Sperma im Mund und spuckst es danach aus. Drittens: Du lässt das Sperma währenddessen aus Deinem Mund herauslaufen.

Für welche Variante entscheidest Du Dich?" „Hm, das entscheide ich, wie es mir dabei gefällt und wenn es soweit ist", lächelte Alice und sortierte sich.

Ich lehnte mich zurück und sah zu, wie sie meinen Anweisungen genau folgte: Sie nahm meinen Penis in ihre linke Hand und kraulte mit der rechten die Hoden. Nach ein wenig Streicheln nahm sie ihn endlich in den Mund, erstmal ganz vorsichtig. Dann lutschte sie ihr Eis: Hoch und runter und wieder hoch und runter fuhren ihre schönen, lesbischen Lippen auf und ab, zuerst ganz langsam, dann schneller.

Dabei setzte sie ihre Zunge ein und umkreiste damit meinen harten Penis göttlich. Zwischendurch wichste sie ein bisschen, dann machte sie wieder weiter mit dem Mund. Ein Naturtalent! Alice war eine echt gute Bläserin, und das bei ihrem ersten Versuch und als Lesbe, die zu so etwas keinen genetischen Zugang hat.

Ich unterstützte sie mit kleinen Korrekturen und neuen Impulsen, die sie bereitwillig zu meiner vollsten Zufriedenheit umsetzte. Diese 23-Jährige war genial im Bett! Oh, Du arme Männerwelt, dass du auf diese Sex-Göttin verzichten musst! Ich spürte, dass Alice auf dem besten Weg war, mir einen unvergesslichen Orgasmus zu bescheren. Sie hatte bekanntermaßen 2 Möglichkeiten: Entweder macht sie es mit der Hand zu Ende oder sie bläst weiter, sodass ich in ihren Mund komme.

Fairerweise kündigte ich ihr meinen Orgasmus rechtzeitig an: „Du, wenn Du so weitermachst, dann komme ich in etwa einer halben Minute." Sie setzte kurz ab, schaute mir entschlossen in die Augen, und meinte kurz und trocken: „Ich schlucke." Braves Ding! Schon saugte und lutschte sie weiter, und schon kam ich.

Es war ein Hammer-Orgasmus! Ich schoss meine ganzen Ladungen in ihr blasendes Mündchen hinein, und sie schluckte Stück für Stück, immer wenn etwas nachkam, sofort weg. Wie geil und tough ist das denn, bitte schön! Alice lutschte so lange meine Banane, bis ich sie zu mir in den Arm zog. „Ich muss schon sagen, Alice, das war ein Weltklasse-Blowjob!

Davon können sich viele heterosexuellen Frauen eine dicke Scheibe von abschneiden. Und das beim ersten Mal. Hut ab! War toll!" „Danke", freute sich die Kurzhaarige: „Muss zugeben, hat echt Spaß gemacht. Und Schlucken war überhaupt kein Problem. Aber ehrlich:

Es hat sich schon neu und so fremd angefühlt, auf einmal einen Penis in der Hand zu halten und im Mund zu haben und daran zu saugen. Aber ich fand´s toll! Eine wertvolle Erfahrung."

Wir lagen da, nackt, und plauderten über unsere Leben. Alice war eine tolle Frau. Sie hatte auch schon viel Mist erlebt für ihre 23, und war trotzdem eine stabile, charakterstarke Persönlichkeit geworden. Scheidung der Eltern, als sie 4 war. Sie wurde vom Vater geschlagen, verlor ihre Mutter mit 8, als diese bei einem Verkehrsunfall ums Leben kam. Wurde in der Schule gemobbt, weil sie lesbisch war.

Ach, ich will gar nicht diese Liste weiterführen, zu traurig ist das alles. Ich schaute auf die Uhr: Punkt 22 zeigten beide Zeiger. Wir hatten also noch 1 Stunde Zeit, dann musste ich mich auf den Nachhauseweg machen. „Wenn Du magst, schlafe ich jetzt noch mit Dir. Ich bin wieder fit." „Ja, gerne", nickte sie und fragte: „In welcher Position magst Du denn?"

„Ich schlage vor, wir probieren die wichtigsten alle aus, damit Du spürst, wie sich das anfühlt", war meine Idee. Diese Idee empfand sie als sehr gut und umsetzbar. Ich kommandierte sie nach unten und startete in der Missionarsstellung. Vorsichtig drang ich mit Gummi, sie hatte extra welche besorgt, in ihre lesbische Pussy ein. Bisher waren da nur Dildos oder Vibratoren drin, jetzt mal ein echter, lebender Schwanz.

Dieser meine Schwanz fickte Alice. Langsam und vorsichtig stieß ich zu. Alice lag da, mit offenen, weit aufgerissenen Augen, und schaute zu, was ich mit ihr veranstaltete. „Und, wie fühlt es sich an?", hechelte ich. „Irgendwie geil", hechelte sie zurück, „ungewohnt, aber gut." Nach 4 Minuten schlug ich einen Stellungswechsel vor: Löffelchen. Ich drang seitlich liegend in sie ein und fickte nun etwas schneller. Auch das gefiel ihr. Weiter ging es mit Doggy. Diese Position gefiel ihr nicht so gut. „Lieber eine andere, hier fühle ich mich irgendwie nicht wohl dabei."

Komisch. Die erste Frau, die Doggy nicht mag. Egal. Vielleicht schämte sie sich, mir ihren Po derart hinzuhalten. Obwohl es da nichts zu schämen gab, denn sie hatte ja einen sehr schönen. „Magst Du Reiten ausprobieren?", lenkte ich das Thema wieder auf das Schöne.

„Ja", stieg sie auf mich drauf und schob sich meinen Schwanz rein. Reiten war ihr Ding. Das gefiel ihr! Alice hatte sogar richtig Spaß dabei. Je länger sie ritt, desto geiler wurde sie und erlebte kurz darauf einen Orgasmus auf mir. Als sie aufhören wollte, flehte ich sie an:

„Bitte reite weiter, ich will auch kommen, Alice!" „Sorry, ich war gerade voll bei mir", entschuldigte sie sich für ihren Fauxpas und kam wieder in Ritt und Tritt. Ihre blanke Muschi verwöhnte meinen Dong gut. Zu gut, denn einen anderen Ausweg als den Orgasmus gab es tatsächlich nicht mehr für mich.

Orgasmus-Time! Ich kam mächtig. Alice strahlte und ritt gnadenlos weiter, immer weiter, bis ich mich erschöpft fallen ließ, sie zu mir runterzog und küsste. „Das hast Du ganz toll gemacht, Alice, wirklich. Das war schöner Sex für mich. Ich hoffe, für Dich auch."

„Ja, hundertmal besser, als ich es mir vorgestellt hatte. Fakt ist zwar, ich werde mich niemals in einen Mann verlieben, weil ich absolut und nur auf Frauen stehe, und das mit Dir war definitiv der erste und wird auch der einzige Sex mit einem Mann in meinem Leben bleiben, aber ich bin sehr dankbar, diese tolle Erfahrung mit Dir gemacht zu haben." „Konnte ich Dich nicht von Männern überzeugen? Nicht mal ich?"

„Nicht mal Du", lachte sie und küsste mich. 20 Minuten später saß ich nach vielen weiteren „Danke" auf dem Weg im Auto nach Hause. Ich sinnierte vor mich hin, wie geil das gerade doch war, mit einer Lesbe Sex gehabt zu haben, die zum allerersten und einzigen Mal in ihrem Leben einen Dong spürte und bearbeitete.

Bis heute pflegen Alice und ich ein sehr enges Verhältnis. Wir sehen uns wöchentlich beim Bowlen und bleiben durch unser Geheimnis für immer miteinander verbunden.

Maskenball – Superwoman; Dornröschen; Lady Gaga; Madonna; Engel für Charlie; Pippi Langstrumpf

Ich musste von Donnerstag bis Sonntag in die Hauptstadt, um ein paar neue, jüngere Kollegen zu schulen. Das Hotel „Adlon" war schick, mein Zimmer glich dem eines Palastes. Auf meinem Weg nach Berlin im Zug googelte ich nach Bordellen und Sex in Berlin, da stieß ich auf einen mir bis dato unbekannten Swinger-Club, der mit einem Maskenball-Wochenende warb. Ich war schon ein paar Mal in Berlin gewesen, hatte immer ein paar nette Abenteuer erlebt, aber dieser Club war mir neu.

Freitag und Samstag kamen für mich infrage, also fieberte ich ungeduldig hin. Freitag verlief gut und erfolgreich, ich hatte meine Arbeit erledigt und machte mich auf in den „Sexy Star Club". 150 Euro kostete mich der Eintritt, der ein leckeres Buffet, Sauna- und Swimming-Pool-Nutzung inkludierte. In der Männer-Umkleide war schon einiges los: Die Herren, manche jung, manche alt, manche dünn, manche dick, zogen sich aus und suchten sich aus den bereitgestellten Utensilien ihre Verkleidung des Abends aus.

Motte war ja Verkleidung, verbunden mit dem Reiz, seinen Sex-Partner eben nicht identifizieren zu können. Das hat etwas Mystisches, Reizvolles an sich. Ich entschied mich für das Zorro-Kostüm, legte den Mantel um und die Gesichtsmaske an. Bereit begab ich mich ins Zentrum des Clubs an die Bar, wo sich schon Paare gefunden hatten und fleißig befummelten.

Schnell wurde ich von einer dunkelhäutigen, etwa 40-Jährigen angesprochen, doch die ließ ich links liegen, genauso wie einen schönen, jungen Körper, wo mir die Stimme nicht gefiel. Tja, das Gesamtpaket muss halt schon stimmen. Zufällig rempelte mich Superwoman an. Ich blickte sie an und sah einen fantastischen Körper durchs Latexkostüm durchscheinen. Wir kamen ins Gespräch und entschieden uns nach 5 Minuten für uns. Ich nahm sie an die Hand und wir suchten uns ein freies Bett.

33

Gruppenräume sind nicht so meines, also entschieden wir uns für ein kleines Zimmer in Zweisamkeit. Meine mysteriöse Sex-Partnerin ging ordentlich zur Sache. Ohne zu zögern öffnete sie meinen Mantel, drückte mich aufs Bett und blies mich steif. Ich genoss und betrachtete sie: Sie hatte lange, blonde Haare, die ihr hinter der Maske herunterhingen. Ich schätzte sie auf 25. Ihre Figur war astrein, gut trainiert, sportlich.

Meine Hände streichelten sie nun zwischen den Beinen, wo das Kostüm an Material gespart hatte. Ihr kleiner Büschel Schamhaare verschwand in meiner Hand und ich ertastete dazwischen ihre Klitoris. Geistesgegenwärtig schnappte ich mir ein rotes Kondom vom N-Tisch und stülpte es mir über. Schon nahm Superwoman auf mir Platz und begann mich zu reiten.

Es fühlte sich echt super an. Superwoman halt. Lasziv bewegte sie sich auf und ab. Leider kam in diesem Moment ein anderes Paar dazu, das sich auf eine Matratze am Boden 2 m neben uns legte und mit der Arbeit begann. Schnell wurde ich zum Spanner, denn der Kerl hatte ein drittes Bein.

Sein Penis war mindestens 24 cm lang und ebenso steif. Seine Sex-Workerin blies ihm gut einen. Sie war ebenso blond und schlank wie meine und konnte auch kaum älter als 25 sein. Verkleidet war sie als Dornröschen, plus Augenbinde und Halbkopfmaske. Sie blies immer weiter, bis der Kerl tropfte. Es sah so geil aus, wie ihre kleine Hand seinen Monster-Dong zu Ende wichste, eigentlich hätte sie 4 Hände benötigt.

In dem Moment überschritt ich meinen point of no return und spritzte meine Ladung ins Gummi. Auch Superwoman wurde nervös und zuckte sich ihren Orgasmus ab. Wir ruhten uns aus und kamen mit dem Pärchen ins Gespräch. Thema war natürlich seine Riesenkrake. Er meinte, dass ein langer Schwanz nicht nur Vorteile habe. Einige Frauen fänden es geil, andere abstoßend. Genügend Frauen wollen nicht mit ihm schlafen, weil sie Angst davor hätten. Vor Schmerzen und so.

Die Superwoman meinte, sie fände seinen Dick geil und wolle ihn anfassen. Sie krabbelte zu ihm und nahm ihn in die Hand. „Wow", stöhnte sie, „so einen Langen habe ich noch nie gehabt." Mir war klar, dass sie mich betrügen und ihre nächste Runde lieber mit Mr. Long Silver bestreiten würde, als mit mir.

Aber es war mir egal, denn längst war Dornröschen in meinem Arm und knetete an meinem Penis herum. 5 Minuten später gab es in diesem Raum 2 Blowjobs zu sehen: Superwoman blies Mr. 24 or more, Dornröschen blies mich.

Dornröschen war fantastisch in Form und verwöhnte meinen Penis nach allen Regeln der Blas-/Wichskunst. „Deiner ist viel schöner als der lange", flüsterte sie mir ins Ohr und küsste ihn. Superwoman wollte das dritte Bein erlösen, aber es gelang ihr nicht. Die Giraffe wurde einfach nicht mehr richtig steif. Meiner dagegen war härter als das beschissene Leben.

Glücklich masturbierte mich Dornröschen zu meinem Orgasmus, der kräftig ausfiel und ihre Hand voll besudelte. Wir blickten triumphierend runter zu den Losern, die es nicht schafften, uns gleichzuziehen. Nach paar Minuten gab Superwoman auf. Long Dick meinte, er könne jetzt gerade nicht kommen, es würde noch ein wenig dauern, bis alles wieder aufgefüllt sei. Das hast du jetzt davon, blöde Superwoman, dachte ich mir.

Glücklich begab ich mich mit meinem neuen Fang an die Bar und soff Cocktails. Ich erfuhr, dass sie tatsächlich 25 Jahre alt war und im richtigen Leben eine Stewardess. Unsere Konversation war gut, trotzdem überlegte ich, mir für meinen dritten und letzten Orgasmus der Nacht eine andere Frau zu suchen. Doch Dornröschen war echt süß, also beschloss ich, die Nacht mit einem Fick mit ihr zu beenden. Dornröschen war alles andere als prüde, sie wollte diesmal im Großraum ficken.

Na gut. Wir begaben uns auf eine große Kuschelwiese und starteten das Spiel. Nach Knutschen folge Petting 69. Dabei spürte ich, untenliegend, auf einmal 2 weitere Hände und 1 weiteren Mund an meinem Dong. Hoffentlich war es kein bisexueller Mann, dachte ich, und drückte Dornröschen hoch, um etwas sehen zu können.

Und ich sah einen sexy Lady-Gaga-Verschnitt, so um die 25 bis 30 Jahre alt, die Dornröschen bei ihrer Arbeit unterstützte. Einverstanden. Doch kommen wollte ich in einer Pussy. Also schüttelte ich Dornröschen von mir herunter und besorgte es ihr Doggy Style, während Lady Gaga abwechselnd Dornröschen und mich küsste. Geile Nummer! Die Kunstfigur wollte ebenfalls von mir genommen werden, also tat ich das auch.

Ebenfalls Doggy von hinten. Ja, Zorro ist der King! Lady G. wollte härter gefickt werden als das Röschen, was ja auch ihrem Image entsprach. Ich merkte meine Eier jucken und spürte den Orgasmus anrollen. Rasch zog ich meinen Penis aus Gagas Fotze, riss mir das Kondom herunter und hielt meinen Ständer den beiden Girls vors Maul.

Dornröschen war die schnellere, die kapierte, und wichste mich bis zum Orgasmus. Schnell übernahm die andere und spritzte mich ab. Geputzt wurde ich von beiden Mündern. Ich dankte beiden für den guten Sex, zog mich in der Kabine wieder um und schwand diskret in mein Hotel.

Vor dem Schlafen ließ ich das Geschehene Revue passieren und freute mich schon auf den kommenden Abend, wo ich das Spektakel wiederholen würde. Samstag. Aufgaben erledigt. Nun stand mein Freizeitvergnügen an.

Andrea rief ich an und erzählte ihr, wie krass anstrengend der Tag gewesen sei und dass ich früh schlafen gehe. Sie küsste mir liebevolle Worte durchs Handy: „Morgen Abend haben wir uns endlich wieder." Ja, aber bis dahin vergeht noch eine Menge Zeit, mein Schätzelchen. Der Womanizer trat wieder ein in den Sexy Star Club und war gespannt, wie sich der Abend entwickeln würde. Diesmal war Zorro schon vergeben, also entschied ich mich für den grünen Hulk.

Auf der Tanzfläche sah ich eine Frau tanzen, die mich mit ihren lasziven Bewegungen sofort anzog. Sie war die Doppelgängerin von Madonna, zeigte viel Gesicht und hatte obenrum nur eine Augenmaske an. Ich tanzte sie an und mit ihr mit. Doch leider war auch Batman von der Partie, auch er wollte Madonna nageln. Hulk von der einen, Batman von der anderen Seite versuchten, Madonna zu gewinnen, doch die machte uns klar: Alles oder nichts. So kam es, dass Hulk und Batman sich nebeneinander auf ein großes Bett legten und Madonna ihnen einen Double Blowjob verpasste.

So etwas mag ich überhaupt nicht, Sex in der Konstellation Mann/Mann/Frau, wenn, dann Mann/Frau/Frau oder Mann/Frau/Frau/Frau, aber ein zweiter Mann war immer tabu für mich gewesen. Und doch: Diesmal ergab es sich so. Und es war okay für mich.

36

Madonna widmete sich gleichzeitig und abwechselnd unseren Penissen. Längst war meiner vollsteif, der von Batman noch nicht ganz.

Unsere Dongs waren fast genau gleich lang, auch gleich dick, aber sahen völlig anders aus: Meiner schön und elegant, seiner einfach nur hässlich. Armer Batman, mit so einem dämlich aussehenden Penis gestraft zu sein. Egal. Plötzlich stöhnte der Schwarzmaskierte auf und kam. Sein Erguss war klein und mickrig. Madonna wichste professionell zu Ende, dann widmete sie sich komplett mir.

Schön blies sie exklusiv, bis ich kam. Mein Erguss war eine Kanone: Es spritzte hoch hinaus, Batman schaute mich mit großen Augen ungläubig an und Madonna grinste glücklich. Als Belohnung lutsche Madonna meinen Prügel sauber, jener von Batman blieb samenbeschmutzt.

Die Madonna hatte sich längst für mich entschieden und schickte Batman zum Teufel. Der zog als schwache Nummer 2 der Superhelden von Dannen. Der blonde Lockenkopf war begeistert von mir und führte mich in die Sauna, wo wir nur mit Gesichtsverdeckung schwitzten und ich ihren nackten Körper bestaunen konnte. Ein Intim-Piercing war sichtbar. Eines? Nein, mehrere hingen da.

Ihre Brüste waren formschön und jung. Doch ganz für mich allein sollte ich sie nicht bekommen, denn sie stand wohl auf Dreier. Schon griff sie dem Kerl, der neben uns saß, an den Schwanz und flüsterte ihm etwas ins Ohr. Der nickte brav. Madonna zog ihn hoch und mich mit. Sie wollte wieder einen Double Blowjob geben, doch das wollte ich diesmal nicht mehr. Ich zog mich zurück und sah von der Bar aus zu, wie Madonna schnell einen zweiten Typen fand und in aller Öffentlichkeit wieder mit ihrer Arbeit an 2 Penissen startete.

Mir egal, ich werde eine bessere bekommen: Einen Engel für Charlie! Die Braunhaarige hatte ein Engel-Charlie-Kostüm an und offenbarte viel ihres niedlichen Gesichtes. Schnell waren wir beim Du und in einem Whirlpool, in dem wir knutschten und fummelten. In einem Zimmer fickte ich sie gnadenlos. Sie hielt gut hin und konnte einiges ab. Ihre Pussy war rot von meinen harten Stößen, doch zu viel wurde es ihr nicht.

Als ich kam, kam auch sie. Engumschlungen beendeten wir unsere Beziehung und ich schlürfte an der Bar Bier, um Ausschau nach Frischfleisch für die dritte und letzte Runde zu halten. Da kam sie: Pippi Langstrumpf. Mein Gott, dieses Mädel war blutjung, konnte kaum 20 sein. Sie sah so bezaubernd wie Pippi aus, einen Porno mit ihr hätte ich sofort gekauft.

Ich sprach die Rothaarige an und bot ihr nach 10 Minuten kindlichem Smalltalk meinen Penis an. Sie nahm mein Angebot lächelnd an und führte mich in ein Zimmer, in dem wir absolute Ruhe hatten. Gut. Schnell war sie nackt. Ein roter und senkrecht verlaufender Schamhaarstrich verzierte ihre niedliche Pussy. Schnell leckte ich am Gras und das Fleisch darunter. Es schmeckte zum Glück nicht nach Pippi.

Pippi grinste wie ein Ferkel und genoss meine Zungenspiele sehr. Nun drehte sie den Spieß um und masturbierte mich in Bereitschaft. Ihre Möse war irre eng und tat meinem Penis so gut. Ich liebe enge Mösen!

In der Missionarsstellung vögelte ich sie, dann seitlich Löffelchen. Rückwärts reiten war ihre finale Stellung, in der sie sich erlösen wollte. Sie kam und war aufgedreht wie Pippi in ihren besten Filmen. „Wie möchtest Du kommen?", fragte sie mich. „In Deinen Mund", antwortete ich, was sie bereitwillig mit sich machen ließ. Langsam lutschte sie meinen Penis auf und ab und wichste zwischendurch 2 bis 3 schnelle Züge mit der Hand. Geil war das! „Ich komme!", schrie ich und sah zu, wie mein Penis ihrem niedlichen Gesicht weitere, aber diesmal samige Sommersprossen schenkte.

Pippi genoss meinen Orgasmus und freute sich mit mir. In meinem Arm fühlte sie sich so gut an, dass wir lange nackt da lagen und einfach nur kuschelten. „Ich bin aus München, nur über das Wochenende in Berlin, ich habe ein Zimmer im Adlon. Wenn Du Lust hast, kannst Du die Nacht bei mir verbringen, dann könnten wir heute noch mal Sex haben und morgen in der Früh auch, ich muss das Hotel erst um 11 Uhr verlassen."

Der Langstrumpf überlegte kurz, dann strahlte er mich an: „Okay, bin dabei!" Wir verabredeten uns in 20 Minuten draußen am Parkplatz. Ich staunte nicht schlecht, als mich eine blonde Kurzhaarige ansprach. Sie hatte mich erkannt.

Ich erkannte die Pippi aber nicht wieder. Sie sah total anders aus. Aber sie war es. Sie trug kurze, blonde Haare, 2 cm lang, einen frechen Igelschnitt. Auf der Straße wäre sie mir nicht aufgefallen, als Pippi schon.

Wir fuhren zu mir und machten es uns in meinem großen Bett gemütlich. Pippis Körper war jung und schön, und vor allem gierig. Sie verschlang mich, wie ein Tiger seine Beute. Nach einem 15-minütigen Blowjob durfte ich ihre rötliche Muschi verwöhnen, dann ritt sie mich rücklings zu unseren Orgasmen.

Am Morgen schenkte mir Pippi noch einen Abschieds-Blowjob vom Allerfeinsten. Diesen durfte ich filmen, sie hatte nichts dagegen. Ich hielt drauf und sah, wie mein Penis ihr 10 Ladungen ins Gesicht jagte. Pippi grinste dabei so unverschämt frech in die Kamera, dass mir zusätzlich fast noch einer abging.

Ich dankte ihr für das geile Erlebnis und wünschte dem Igel alles Gute. Lang war meine Rückreise in der Bahn, doch ich hatte genug Zeit, mir noch einmal alle Sex-Abenteuer des Maskenballes vor Augen zu führen, die ich an nur 1 Wochenende erlebt hatte.

Hochzeit – Vanessa; Zara-Maria; Gina

Sebastian heiratete Pia. Sebastian war zu diesem Zeitpunkt 26 Jahre weise und seit 3 Jahren mit seiner Traumfrau zusammen. Ich sah ihn täglich, denn er arbeitete für mich. Er war TV-Producer und stammte aus reichem Elternhaus. Entsprechend pompös war seine Hochzeit gestaltet.

Zeremonie und Feierlichkeit fand an einem langen Wochenende statt auf einem edlen Schloss-Anwesen im Großraum München, das dafür angemietet wurde. Die Kosten verschwieg er mir. Ich kannte ihn ganz gut, denn wir arbeiteten oft und eng zusammen. Sebastian war ein Guter: Fleißig, kreativ, innovativ.

Seine Pia war eine wirklich Hübsche: 29, groß, schlank, blond. Jung-Ärztin auf dem Weg zur Superstar-Ärztin. Einige Male kam sie zu Besuch in der Firma vorbei und war bei der Weihnachtsfeier gern gesehener Gast. Der Sebastian hatte mir ihr ein echtes Glückslos gezogen.

Über 120 Gäste waren geladen. Hotels und Übernachtungen – alles wurde vom Brautpaar, genauer: von Sebastians Eltern, bezahlt. Anreise war Donnerstagabend oder spätestens Freitagmorgen, Abreise Sonntag. Meine Gattin Andrea war zu diesem Zeitpunkt frisch Mutter geworden, John Paul war gerade ein paar Monate alt und wollte Mama 24 Stunden um die Uhr.

Daher war es die richtige Entscheidung, dass Andrea zu Hause blieb und ich alleine fuhr. Ich entschied mich für eine stressfreiere Anreise Donnerstagabend. Nach doch fast 2 Stunden PKW-Zeit, Stau sei Dank, kam ich im mir zugewiesenen „Landhotel Travastere" an. Schick, schick! Ich checkte ein, rief Andrea an und ging ins hoteleigene Restaurant.

Essen und Getränke inklusive für mich sowie alle anderen Hochzeits-Gäste. Spendabel. Während ich auf mein Essen wartete, rief ich Sebastian an, um ihm meine geglückte Ankunft mitzuteilen sowie Danke zu sagen für das superschöne Hotel. Er freute sich sehr. Genauso wie ich auf das, was überraschend auf mich zukam. Kaum hatte ich aufgelegt, sprach mich eine hübsche Unbekannte an: „Entschuldigen Sie, ich habe zufällig gehört, dass Sie wegen Sebastian und seiner Hochzeit da sind.

Ist das richtig?" „Ja", antwortete ich. „Ich auch", lächelte sie charmant und stellte mir die Frage, die meinen Abend verändern sollte: „Darf ich mich zu Ihnen setzen? Sieht so aus, als würden Sie auf Ihr Essen warten. Ich habe auch mächtig Hunger, bin gerade angekommen nach fünfstündiger Fahrt. Ich bin Vanessa, eine Freundin von Sebastian. Wir haben zusammmen studiert."

„Sehr erfreut", stellte ich mich mit Handschlag und Handkuss vor, „und ich bin Sebastians Chef." Die Vanessa setzte sich zu mir und studierte die Menü-Karte. Währenddessen musterte ich sie: Sie war sehr attraktiv, Mitte 20, klein und zierlich. Ich schätzte sie auf 1,60 m zu 45 kg. Echt schlank, das Ding. Vanessa trug ein sommerliches, buntes Kleid, ihre Haare waren offen und schön lang, braune Farbe, etwas gewellt.

Ihre Brille machte sie keineswegs hässlich, im Gegenteil: Sie sah damit süß aus. Ihr Mund war klein und fein, ebenso ihre Hände. Das sind die Körperstellen, auf die ich immer schaue bei Frauen: Der Mund, wie er blasen könnte, und die Hände, wie sie wichsen könnten. Beides war absolut stimmig für mich.

Gleichzeitig bekamen wir unser Essen und wünschten uns guten Appetit. Derweil unterhielten wir uns über Sebastian und was für ein prima Kerl er ist. Wir verstanden uns gut. Der Blickkontakt intensivierte sich. Ich erfuhr, das Vanessa Single war und aus Koblenz angereist kam. „Dort lebe ich mittlerweile, studiert habe ich in Hamburg. Ich arbeite für ein kleines TV-Produktionsunternehmen, macht aber Spaß."

Frisch getrennt war sie von Hubertus, ihrem Ex, einem 42-jährigen Zeitungsmacher, also Chefredakteur. Ein gemeinsames Foto hatte sie noch, der Typ gefiel mir überhaupt nicht. Ekliges Schwein. Igitt. Als sie mich nach meinem Beziehungsstatus fragte, antwortete ich lässig: „Ich bin verheiratet, aber wir führen eine offene Beziehung."

Nun ja, gelogen war das nicht. Nur weiß Andrea das halt nicht mit der offenen Beziehung. Vanessa staunte. Nach dem Essen setzten wir uns an die Bar und schlürften Cocktails. Leckere. Teure. Wir mussten ja nicht zahlen. Während des immer intimer werdenden Smalltalks fasste sich Vanesa immer wieder an ihren zierlichen Rücken. „Ist da irgendwas?", fragte ich sie schließlich.

„Warum greifst Du Dir immer an Deinen Rücken?" „Weil er mir wehtut", litt sie mich an, „die lange Autofahrt war zu viel für mich. Weißt Du, mein Auto hat nicht gerade die bequemsten Sitze. Zudem hatte ich vor 4 Monaten einen Verkehrsunfall, und seitdem ist mein Rücken ziemlich angeschlagen."

„Kann ich Dir helfen oder Dir etwas Gutes tun?", fragte ich sie höflich und gleichzeitig subtil. „Eine Massage zum Beispiel?" „Echt? Das würdest Du für mich tun? Obwohl Du mich kaum kennst?" „Klar", nickte ich, „wenn Du magst, bekommst Du eine." „Und wann und wo?" „Wenn Du magst jetzt gleich, bei mir oder bei Dir auf dem Zimmer."

Vanessa überlegte kurz: „Bei mir." „Einverstanden", bestätigte ich ihr unseren Deal. „Ich komme ich 15 Minuten zu Dir, okay?" „Ja." Mit ihrer Zimmernummer im Gepäck ging ich kurz auf mein Zimmer und machte mich frisch: Deo, Parfüm, Gel in die Haare, Toilette. Auf ins Glück!

Ich klopfte, sie öffnete. Sie ließ mich rein. „Das ist echt total süß von Dir, dass Du Deinen Feierabend für mich opferst." „Für eine so hübsche Frau wie Dich ist das überhaupt kein Opfer", flirtete ich sie an. Wir holten uns Bier aus der Mini-Bar und tranken. „So, wenn Du magst, lege Dich aufs Bett, dann kümmere ich mich um Deinen Rücken."

Sie ging 4 Schritte und ließ sich vorwärts aufs Bett fallen. „Wenn Du Dein Kleid ausziehst, kann ich viel besser massieren", lockte ich Vanessa zu mehr. „Sind da auch keine Hintergedanken dabei?", zwinkerte sie mich an. „Doch, schon, und wie", zwinkerte ich zurück. Sie lachte laut und streifte sich mit einer zügigen Bewegung ihr buntes Kleid ab. Ich sah einen der zierlichsten Frauenkörper, die ich bis dato je gesehen hatte. Eine kleine Prinzessin war sie: Ihre helle Haut war rein und faltenfrei.

Sie trug einen BH, wahrscheinlich Push-up, und ein Höschen, das erstaunlich viel Po bedeckte. So kleine Füßchen lächelten mich an. „Gut, hast Du Creme hier?" Ja, hatte sie. Ich holte sie aus dem Bad und machte es mir bei ihr auf dem Bett bequem. Höchst professionell cremte ich ihren Rücken voll und startete die Massage. Vanessas Haut hatte wenig Speckpölsterchen, genau genommen gar keine.

Ich massierte gleich die Knochen mit. Ihr ganzer Rücken wurde von mir lieb und treu versorgt. Sie genoss die Massage und atmete immer wieder tief ein und aus. „Ein Traum", stöhnte sie. Ich hatte längst einen Steifen im Sack und träumte von einer Massage ihrerseits an meinem Penis.

Nach guten 40 Minuten beendete ich die Massage mit einem Klapps auf ihren süßen, kleinen Po und küsste ihren Rücken einmalig gute Besserung. „Oh, das war´s schon?", drehte die süße Maus ihren Kopf nach hinten um. „Ja, das waren jetzt gute 40 Minuten. Das sollte reichen, dass es Deinem Rücken schon morgen viel besser geht."

„Das war superschön, danke. Soll ich mich bei Dir revanchieren?" „Gerne." „Und wie?" „Na, da gibt es einige Möglichkeiten", grinste ich. „Ich bin offen für alles. Hast Du überhaupt Lust, Dich zu revanchieren?" „Ja." „Dann entscheide Du, wie und was Du tun magst." Ich fand mein Angebot sehr fair.

Ich zog mir meine Hose und mein Hemd aus und legte mich in Boxershorts bäuchlings neben sie aufs Bett. „Sag mir einfach, wie ich mich hinlegen soll, und tue das, was Du für angemessen hältst, was Du magst." „Dreh Dich um", war das Einzige, was ich hörte. Also tat ich genau das.

Sie nahm Creme und verteilte sie auf meinem Oberkörper. Dann setzte sie sich auf mich drauf, so, als wenn sie mich reiten würde, ihr Becken genau auf meinem, und startete mit der Brust-Massage. Ihre blau lackierten Fingernägel gefielen mir. Ihre Hände arbeiten gut, ich genoss. Nicht nur ich, sondern auch er. Langsam wurde er steif und drückte an ihre Pussy.

Vanessa registrierte das sehr wohl, doch ließ sich erstmal nichts anmerken. Mein Knüppel war schon fast in ihrer Pussy drin, wären da nicht unsere beiden Höschen dazwischen gewesen. Sie hockte so leicht auf mir drauf, dass ich sie kaum spürte. Ihre Hände massierten meine Brust sinnlich. Auch meinen Six-Pack-Bauch berührte sie und zählte dabei knetend alle 6 Packs durch. Ich wurde immer aufgeregter.

Vanessa massierte – genauso wie ich sie – gute 40 Minuten lang, dann küsste sie meine Brust und schaute mich an. „Und, hat Dir die Massage gefallen?" „Und wie, vielen Dank, war wunderschön." Sie schaute mich weiter an.

„Hey, Du hast schon über eine halbe Stunde lang einen Ständer", grinste sie mich an. „Ja, tut mir leid, ich konnte ihn nicht beherrschen. Du hast so sinnlich massiert, da verselbstständigte er sich einfach", gab ich neckisch zurück. „Ich hoffe, er hat Dich nicht gestört." „Nein. Nun ja, er hat schon ziemlich gegen mich gedrückt, aber das ist ja nicht unangenehm", grinste sie. „Soll ich ihn auch massieren?" Was für ein Angebot! „Ich würde mich mächtig darüber freuen", nickte ich wie ein Frosch.

„Na gut, weil Du so süß bist. Weißt Du, normalerweise gehe ich nicht mit Männern, die ich gerade erst kennengelernt habe, direkt aufs Zimmer. Du bist eine Ausnahme." Diese Ausnahme war eine gute. Vanessa rutsche ein wenig zurück und kniete nun zwischen meinen gespreizten Beinen. Zärtlich fuhr sie meine Shorts auf und ab und knetete ihn durch die Hose. Sie brauchte beide Hände dazu.

Endlich, nach 5 Minuten, holte sie ihn durch den Pinkelschlitz heraus. Mächtig stand er da, die ganzen 15 cm waren ausgefahren und härter als jeder Polizei-Knüppel. „Magst Du lieber mit Hand oder Mund?", fragte mich die Braunhaarige. „Mit beidem finde ich es am geilsten", gab ich ihr den Befehl, endlich zu starten. Das tat sie dann auch.

Ihre linke Hand umfasste meinen Dong-Stab, ihr Mund senkte sich und nahm ihn tatsächlich in den Mund. Ihr Mund war genauso klein wie sie, also füllte ich sie mächtig aus. Mein Penis drückte ihr mal die rechte, mal die linke Backe gehörig raus. Geil! Und dann verschwand er ziemlich tief in ihrem Hals. Deep Throat war das. So geil es war, leider lange hielt ich dieses Spektakel nicht aus, zu erregt war ich. Ich musste kommen. Ohne Hinweis spritzte ich ab, während er ganz tief in ihrem Mund steckte und sie mit einem Daumen-Zeigefinger-Kreis schnell meinen Schaft auf und ab wichste.

Mit meinem Orgasmus hatte sie nicht gerechnet, zumindest noch nicht. Mit meiner Monster-Ladung schon gar nicht. Überrascht zog sie sich blitzschnell meinen schönen Penis aus dem Mund und starrte gebannt zu, wie eine Ladung nach der anderen herausschoss und sich im Raum verteilte. Mal hielt sie ihn nach links, mal nach rechts. Ihr BH sollte nichts abbekommen, ihr Gesicht auch nicht.

Gott sei Dank wichste sie endlich weiter und lutschte dann meinen Penis clean. „Junge, Junge, hast Du eine Ladung drauf!", lobte sie mich und zeigte aufs Bett: „Überall Sperma." In der Tat: Ich hatte mehrfach unterschrieben. „Das war fantastisch", hievte ich sie in den Olymp und schnaufte genüsslich aus. Sie hockte nach wie vor zwischen meinen Beinen und guckte sich stolz ihr Getanes an.

Ja, gut hatte sie meinen Dong gemolken, das muss ich sagen. „Darf ich mich für diese zweite, sehr exklusive Massage auch mit einer zweiten, sehr exklusiven bei Dir revanchieren?", fragte ich sie. Sie überlegte. 30 Sekunden. „Na gut, aber nur Massage, nicht mehr", sagte sie schließlich. „Okay."

Stellungswechsel. Sie legte sich auf den Rücken. Immer noch in BH und Slip. „Soll ich Dich ausziehen oder magst Du?" „Ich mach schon", summte sie und zog sich ihr Höschen aus. Eine schöne Möse kam zum Vorschein. Mit braunen Haaren. Das war kein Strich, auch kein Dreieck, sondern lediglich ein ulkig aussehender runder Klecks an Haaren über ihrer Pussy. Auch nicht direkt am Schlitzansatz, sondern deutlich darüber. Am obersten Rand, wo Schamhaare wachsen. Sah seltsam aus.

Sieht man nicht alle Tage. „Und der BH?" „Der bleibt an", bestimmte sie die Aktion. „Warum?" „Weil ich meine Brüste nicht mag. Lassen wir sie bitte verpackt, okay?" „Wenn Du magst", murrte ich und fand das äußerst schade. Aber egal: Dafür war ihre Pussy ja frei.

Ich legte mich neben sie und streichelte ihren Bauch runter zu den Haaren. Das gefiel ihr. Sie stöhnte gut. Dann legte ich mich seitlich über ihren Oberkörper und widmete mich ihrem Venushügel. Ich kraulte ihr durch die runde Böschung und erreichte ihre Schamlippen, die äußerst trocken waren. Hm, normalerweise sind die doch feucht!? Oder sie werden es zumindest dann, wenn ich mich um sie kümmere.

Ich traute mich nicht so recht, mit dem Rubbeln ihrer Clit zu beginnen, da nach wie vor unten alles trocken war. Wollte diese Zaubermaus ja nicht verletzen. Vielleicht mit der Zunge anfeuchten? Gute Idee. Als sie meine Zunge an ihrer Clit spürte, riss sie mich an den Haaren unsanft zurück: „Hey, ohne Mund! Wir hatten gesagt ´nur Massage´!" Keine gute Idee also.

„Sorry", entschuldigte ich mich, „ich wollte lediglich befeuchten, Du bist so trocken da unten, und ich möchte Dir nicht wehtun, wenn ich mit dem Rubbeln anfange." „Nimm Creme", hielt sie mir die Dose hin. In der Tat, jetzt war es nicht mehr trocken, sondern weich und wurde saftig.

Ihre Schamlippen waren schön, aber verschieden: Die eine deutlich kürzer als die andere. Dafür war sie länger, während die kürzere dicker war. Ich traf ihre Klitoris gut und Vanessa ließ sich endlich fallen. Na endlich! Sei doch nicht so verkrampft, Kleine! Ich massierte ihre Schamlippen und rubbelte sie mit meinem Zeigefinger langsam Richtung Höhepunkt.

„Darf ich meinen Finger auch vorsichtig reinstecken?", fragte ich unsicher nach. „Nein, nur massieren, von außen", war ihre hechelnde Antwort. Na gut, na schön. Ich massierte weiter und schenkte ihr etwa 3 Minuten später einen Orgasmus.

Ihr kleiner Körper wehrte sich gegen meinen, aber meine 72 kg waren zu schwer für sie, sie konnte ihr schmales Becken nicht hochstemmen. Versuchte es aber immer wieder während ihrer Kontraktionen. Ich streichelte sie langsam aus und legte mich wieder neben sie. „Und, war es schön für Dich?" „Ja, sehr. Danke", seufzte sie. „Kannst Du mir bitte noch einen hinterher machen? Ich will nochmal."

„Mach ich, aber nur, wenn Du mir danach auch noch einen machst. Ich will nämlich auch nochmal kommen." „Deal", schlug sie ein und zog mich runter zu sich. Ich wusste ja nun, wie sie es genau mochte, und genau so bekam sie es wieder. 5 Minuten später bebte sie erneut. Dann strahlte sie mich glücklich an: „Danke. Geil war´s!"

Kurze Pause. „Magst Du lieber mit Hand oder Mund?", fragte mich die Braunhaarige. „Mit beidem finde ich es am geilsten", gab ich ihr dieselbe Antwort, die sie schon mal gehört hatte. „Aber diesmal im Stehen." Ich stellte mich neben das Bett und sah ihr dabei zu, wie sie sich an mich drückte und langsam mit dem Wichsen begann. Diesmal wollte sie küssen.

Ich liebe küssen. Während wir knutschten, wobei ich sie das Tempo vorgeben ließ, knetete sie meinen Prügel gut durch mit ihren zarten, kleinen Händen. „Oh Fuck, ich würde echt gerne mit Dir ficken", stöhnte ich ihr ins Ohr.

„Sorry, aber daraus wird nichts, Großer", flüsterte sie zurück, „ich ficke nur mit Männern, mit denen ich in einer festen Beziehung bin. Das hier ist okay, das ist Spaß, aber Ficken nur aus Liebe." Eine seltsame Weltanschauung, welche die kleine Maus da hatte.

Ich hatte 2 Möglichkeiten: Entweder schaffte ich es, innerhalb von 10 Minuten sie zu einer festen Beziehung zu überreden – Rubbish! – oder ich begnügte mich mit dem, was ich bekam. Ich entschied mich für Version 2, denn das, was ich bekam, fühlte sich mega an.

Ihre kleinen Hände schoben meine große Vorhaut zügig vor und zurück, immer wieder, bis ich unruhig wurde. „Süße, wenn Du so weitermachst, komme ich gleich. Wäre toll, wenn Du auch mit Mund machst." Schon hockte sie vor mir und steckte sich mein Teil in ihren Hals. Ich durchbohrte ihn fast. Dieser Anblick von oben war der Hammer.

Ich griff nach ihrem Kopf und gab ihr Tempo und Intensität vor. Genauer: Ich schob ihren Kopf. Die Puppe ließ es mit sich machen und blies optimal. „Darf ich in Dein Gesicht kommen?", fragte ich. „Und wenn ich komme, bitte schön weitermachen. Vorhin hast Du in jenem Moment aufgehört und ihn nur gehalten." „Ins Gesicht nicht", murrte sie. „Ich weiß schon, nur in einer Beziehung erlaubst Du das", führte ich ihren Satz zu Ende. „Genau." „Schluckst Du dann wenigstens?" „Du hast Ansprüche", stöhnte sie. „Na gut."

Ich war glücklich. Vanessa blies weiter, immer weiter, bis ich den moment of no possible return überquerte und ihr – diesmal mit Ankündigung – in den Mund kam. Vanessa war eine brave Maus, sie schluckte alles. Zügig und talentiert tat sie es. Sie saugte mich leer bis zu meinem letzten Tropfen. Bis ich alle war.

Was dann kam, war eigentlich klar: Sie schmiss mich raus. Nicht unhöflich, aber bestimmt schickte sie mich auf mein Zimmer zurück, weil männliche Übernachtung gehe bei ihr „nur in einer Beziehung". Ja, ja, ich kenne den Quatsch! Am nächsten Morgen war ich früh beim Frühstück. Doch statt V, die wohl noch schlief, gesellte sich eine andere Frau zu mir. „Hallo, ist hier noch frei?", hörte ich sie fragen.

47

Ich schaute mich um und blickte einer überaus Aura starken Dame Anfang 30 ins Gesicht. Sehr schick, sehr elegant. Ich hatte sie mit meinem ebenso überaus schicken Kleidungsstil angezogen: Mein bester Anzug funkelte sie an. „Ich gehe davon aus, dass Sie auch wegen Sebastian und Pia hier sind", startete sie die Tisch-Konversation.

„Korrekt." Ich erfuhr, dass sie Ärztin war und im selben Krankenhaus wie Pia arbeitete. „Zara-Maria, angenehm", stellte sie sich vor. „Mit Z oder mit S?", fragte ich nach. „Mit Z." Sie hatte schulterlange, braune Haare, war 1,70 m und schön gebaut. Große Brüste und circa 63 kg. Vielleicht 67. Oder gar 70.

Wir verstanden uns gut und hatten denselben Humor. Nun hieß es aber auch schon langsam Aufstehen und auf zum Schloss. Um 11 Uhr startete die erste Feierlichkeit. Über 120 Gäste befanden sich im Schlossgarten und begrüßten sich gegenseitig. Zara-Maria und ich fanden uns schnell wieder und blieben zusammen. Tut mir Leid für Vanessa, die ebenfalls meine Nähe suchte, aber rasch merkte, dass Zara-Maria die neue Frau an meiner Seite war. Traurig zog sie von Dannen und schloss sich einer gemischten Gruppe an.

Punkt 11 gab es eine wunderschöne Ansprache von Sebastian und Pia. Sie hießen uns alle willkommen und erklärten uns im Groben den Ablauf des Tages. Schon ging es rüber zur Trauung beim Standesamt, nur wenige Hundert Meter entfernt vom Schlossgarten. Hier wird wohl öfter geheiratet.

Es war eine ergreifende Zeremonie, schöne Worte fielen und ewige Liebesschwüre. Die Eltern der beiden waren überglücklich. Ich war einer der ersten Gratulanten, nachdem beide als Mann und Frau durch den Gang gegangen waren. Während Hochzeitsfotos im Garten geschossen wurden, nur vom Paar, machten wir es uns gemütlich im eigenen Schloss-Restaurant.

Kaffee und Kuchen stand nun, ab 14:30 Uhr, an. Ich saß mit Zara-Maria und 2 Paaren an einem Sechsertisch und ließ mir – wie alle anderen – die exquisiten Torten schmecken. Als sich beide Paare ausklinkten, saß ich mit Frau Doktor alleine da. Ich hatte eine Idee und fragte nach ihrer Handynummer. Sie wunderte sich, gab sie mir aber. Ich holte mein iPhone hervor und schickte ihr eine WhatsApp.

Daraus ergab sich – obwohl wir uns gegenübersaßen – folgender stummer Dialog: „Hallo Frau Doktor." „Hallo Herr Fernsehproduzent." „Eine schöne Sache ist das hier." „Ja, wunderschön. Erinnert mich an meine Hochzeit vor 8 Jahren." „Was? Sie sind verheiratet??????"

„Ich war. Geschieden seit 2 Jahren." „Glück für mich!" „Glück für mich! Er war zwar reich, aber ein Dummkopf. Aber durch das Kind bin ich abgesichert für immer." „Wie alt?" „7 mittlerweile." „Anderes Thema: Darf ich Ihnen eine persönliche Frage stellen?" „Welche?" „Wie sieht Ihr Typ Mann aus?" „Warum wollen Sie das wissen?" „Will meine Menschenkenntnis prüfen." „Hm." „Von allen, die Sie gerade sehen, welcher gefällt Ihnen?" Sie blickte sich um.

Nach links. Nach rechts. Nach oben. Nach unten. Nach links. Nach rechts. Nach oben. Nach unten. Dann schrieb sie: „Der, der mir gerade gegenüber sitzt. Der gefällt mir am besten." „Juhuuu!!!" „Was heißt hier ´Juhuuu´?" „Heißt, dass ich mich gerade freue." Zwischendurch blickten wir uns immer an und sprachen mit Blicken.

Ein heißer Flirt, so über WhatsApp, ganz ohne gesprochene Worte. Undenkbar für unsere Eltern damals. Ich machte weiter: „Wissensspiel. Ich stelle Dir 5 Fragen, und Du schätzt, was auf mich zutrifft. Lust?" „Okay!" „Frage 1: 10, 15 oder 20 cm?" „15." „Richtig! Frage 2: Welche Stellung ist meine liebste?" „Reiten." „Ja, passiv. Aktiv der Missionar.

Frage 3: Worauf schaue ich bei Dir am meisten?" „Brüste." „Ja! Frage 4: Zeigst Du sie mir heute Abend?" „Hahahahahahahahahaha!!!" „Frage 4: Zeigst Du sie mir heute Abend?" „Hahahahahahahahahaha!!!" „Hey, Frage 4: Zeigst Du sie mir heute Abend?" „Hahahahahahahahaha!!!" „Na gut. Frage 5: Was muss ich tun, damit Du sie mir heute Abend zeigst?" „Lass Dir etwas einfallen!"

Spannend, spannend, das Ganze! „Jetzt stelle ich Dir 5 Fragen, und Du schätzt, was auf mich zutrifft", tippte sie. „Frage 1: Was ist mit beim Sex wichtig?" „Gemeinsam Spaß haben." „Ja! Und mein Orgasmus!! Frage 2: Wann hatte ich das letzte Mal Sex?" „Gestern Abend oder heute Früh, und zwar mit Dir selbst oder einem Vibrator." „Hellseher!

Frage 3: Was gefällt mir an Männern besonders gut?" „Ich!" „Hahahahahahahahaha!!" „Schöne Hände, kantiges Gesicht, gute Statur, gepflegtes Aussehen. Intelligenz. Knackarsch." „Genau!!" „Also ich!!!!" „Hahahahahahahaha!! Frage 4: Was ist meine Lieblingsstellung?" „Reiten." „Ja, richtig, auch Doggy. Fragge 5: „Hattest Du was mit der hübschen Brünetten, die Dich den ganzen Tag so sehnsüchtig anschaut?" „Mein Geheimnis." Frage 5: „Hattest Du was mit der hübschen Brünetten, die Dich den ganzen Tag so sehnsüchtig anschaut?" „Mein Geheimnis." „Hey, Frage 5:

Hattest Du was mit der hübschen Brünetten, die Dich den ganzen Tag so sehnsüchtig anschaut?" „Wenn Du es unbedingt wissen willst ……… Mein Geheimnis!" „Sag schon!" „Na gut: Ja." Ich holte neuen Kuchen für uns. Gut war er! Dann kamen Sebastian und Pia und hielten eine schöne Rede. Sie setzten sich zu uns und unterbrachen den geilen Flirt. Dreckspack!

Nein, im Ernst: Wir unterhielten uns prima und bereiteten uns dann alle 120 Frauen, Männer, Kinder, Opas und Omas zusammen für das große Gruppenfoto vor. Der nächste Programmpunkt war auf 19 Uhr angesetzt, das Buffet. Wir hatten also 3 Stunden Zeit zur jeweiligen Verfügung.

Ich fragte Zara-Maria nach ihrer Planung, sie meinte: „Was hast Du denn vor?" „Nun ja, ich könnte mir 2 geile Stunden mit Dir auf meinem Hotelzimmer vorstellen." Sie überlegte kurz. „Lass uns gehen." Schnell waren wir in meinen heiligen 4 Wänden. „Ich möchte kurz duschen, habe ordentlich geschwitzt da draußen", sagte sie. „Ich auch, ich komme mit."

Gemeinsam entkleideten wir uns und stiegen unter die elegante Brause, die mitten im Badezimmer stand. Ich schaute Zara-Maria genauer an: Ihr Körper war, nun ja, mittelschön. Der Begriff Fitnessstudio war wohl nicht der ihre. Speckfalten waren da schon zu erkennen. Für eine Frau Anfang 30 schon einige. Sie war übrigens 32, wie ich später von ihr erfuhr.

Am Bauch eine lange OP-Narbe, die leider nicht gut so schön war. Kaiserschnitt. Dafür echt große Hupen. Normalerweise stehe ich auf mittelgroße, formschöne, straffe, sportliche Brüste, ich bin kein XXL-Fan wie viele andere Männer.

Aber Zara-Marias Airbags waren geilometer. Als sie sich umdrehte, sah ich ihren nackten Po. Auch der war schon etwas ramponiert leider. Cellulite seitlich an Oberschenkeln und Hüfte erkennbar.

Ich hoffte, dass sie im Bett besser ist, als sie nackt aussah. Sie betrachtete mich: „Top Figur, mein Lieber." Dabei griff sie zur Seife und seifte mich ein. Zuerst die Brust, dann weiter runter, bis sie ihn in der Hand hatte. „Oh, der fühlt sich gut an!", grinste sie und seifte ihn nun dynamischer ein. Ja, das fühlte sich in der Tat sehr gut an. Abgeduscht, hinauf aufs Bett.

Ich organisierte mir ein Kondom, habe ich immer dabei, wenn ich auf Trips unterwegs und weg von Andrea bin, und startete als Missionar. Zara-Marias Pussy war mittelschön, naja, sagen wir: Keine optische Eins. Eher eine Vier. Dafür fühlte sie sich geil an. Sie pulsierte nämlich wie verrückt. Ich nutzte das für mich und fickte sie gut. Dann von hinten. Doggy Dog.

Auch sehr gut, nur ihr Arsch war mir dabei zu wellig. „Magst Du zwischen meine Brüste kommen?", fragte sie mich plötzlich. Tittenfick – etwas, das ich sehr selten tue, weil ich nicht so sonderlich darauf stehe, aber warum nicht? Zara-Maria hatte schließlich einiges zu bieten. Ich sollte mich hinlegen und Zara-Maria kniete sich vor mich. Dann nahm sie ihre Euter in die Hände und platzierte meinen Schwanz genau dazwischen.

„Warte", rief ich, „ohne Kondom." Sie zog es mir mit ihren Lippen ab und startete den Titjob. Zara-Maria hatte darin wohl viel Erfahrung, denn ihre Bewegungen waren gekonnt und routiniert. Ich sah meinen Dong gar nicht, verschwunden war er in ihrer Haut. Ich spürte aber, dass ich gleich explodieren würde. „Ah!", stöhnte ich laut auf und fühlte meine Zuckungen.

Zara-Maria grinste versaut und titjobbte mich weiter, bis ich fertig war. Nun erst bekam ich meinen Adonis wieder zu Gesicht. Rot war er angelaufen und zusammengesunken. Mein Sperma klebte an beiden Brüsten. „Das war ein geiler Titjob", gratulierte ich Frau Doktor zu ihrem Behandlungserfolg. „Jetzt will ich aber auch kommen", forderte sie ihren Orgasmus ein. Lust auf Lecken hatte ich bei ihr nicht so, aber sie bat mich darum. Na gut. Ihre haarfreie Scheide fühlte sich mehr als Scheide als als Pussy an. Genauso schmeckte sie auch.

51

Egal. Augen zu und durchgeleckt. Etwas fleischig war es da unten, dennoch bin ich Profi durch und durch und schenkte der angehenden Professorin 2 heftige Orgasmen in 15 Minuten. 70 Minuten Zeit hatten wir noch. Also nochmal, war der Plan.

Nach 20 Minuten Pause war ich bereit und wollte diesmal einen Blowjob. Den sollte ich im Liegen bekommen. Wenn ich im Liegen einen geblasen bekomme, mag ich es am liebsten von vorne oder via 69. Zara-Mara aber wollte es unbedingt von der Seite machen. Kniend kniete sie sich neben mich und blies mir seitlich einen.

Etwas ungewohnt, aber gut tat sie dies. Ich betrachte bei so etwas gerne die jungen, knackigen, straffen, schönen, faltenfreien, geilen Körper meiner Bettgespielinnen, aber bei Zara-Maria glotzte ich nur auf ihre Titten.

Nach 10 Minuten Saugarbeit hatte mich Frau Doktor an dem Punkt, wo die 100-Meter-Ziellinie kurz bevor stand. Genüsslich blies sie weiter und ich überquerte die Ziellinie. Mein Sperma schenkte ihr einen kostenfreien Cocktail, den sie – ohne mit der Brustwarze zu zucken – hinunterspülte. Langsam blies sie aus und strahlte mich an.

„Erstklassige Arbeit, Doc", nickte ich und war glücklich. Sie auch. Ich schaute auf die Uhr: „Wird langsam Zeit." So musste ich sie kein zweites Mal lecken. Sie verschwand und machte sich hübsch. Ich auch. Freitagabend war es. Ich hatte noch 2 Nächte Zeit, mich auszutoben. Aber mit wem? Vanessa hatte ich ja wohl im Sack, Zara-Maria aber auch. Oder eventuell eine ganz andere?

Während ich mich elegant einkleidete, telefonierte ich mit Andrea und erzählte ihr von der Hochzeit. Derweil überlegte ich aber auch schon, für wen mein Herz die Nacht schlagen würde. Zara-Maria war mir nicht sexy genug. Vanessa war da schon deutlich geiler, ihr Handjob und ihr Blowjob waren geil gewesen, doch wollte die freche Maus nicht von mir geleckt werden und auch nicht mit mir schlafen, schon gar nicht die Nacht bei mir bleiben.

Ehren-Codex-Geschiss und so. Nur in einer festen Beziehung. Ohne Plan tauchte ich im Restaurant auf und suchte meinen Tisch. Da stand mein Name.

Es war ein Achtertisch. Neben mir stand links „Michael", rechts „Gino". Oh Mann, was für ein Scheiß, dachte ich. Umringt von 2 Männern, wie toll! Michael entpuppte sich als Mann, ja, aber als ein sehr netter. Er war Rechtsanwalt und ein netter Kerl. Er war da zusammen mit seiner Gattin Heidrun, die neben ihm saß und genauso aussah, wie sie hieß. Heidrun halt. Gino war mein Highlight, denn Gino war eigentlich Gina.

Ich hatte das A als O gelesen, war auch irgendwie undeutlich und verwirrend geschrieben. Gina war die Lösung all meiner Probleme. Eine etwa 1,85 m große Marilyn Monroe kam auf mich zu und setzte sich auf den Stuhl der Gina. Wow! Was für ein Schlag. Was für eine Frau! Gelockte, blonde, mittellange Haare, ein aufreizendes Schönheits-Muttermal auf der rechten Backe, ein Kleid zum Ausziehen, endlos lange Beine und ein Lächeln, das die Sonne schmelzen könnte. Ich erfuhr und sah, dass Gina zusammen mit ihrer Mutter Elvira da war. Gina war eine enge Freundin von Pia.

Gina war erst zum Dinner angereist, da sie berufliche Verpflichtungen als Model gehabt hatte. Sie war 21 Jahre hübsch und wusste das auch. Ich gab mich überaus galant und hatte nur noch Augen für sie. Zara-Mara und Vanessa interessierten mich in diesem Moment nicht. Beiden besagten Damen ging es aber etwas anders, denn sie interessierten sich sehr für mich.

Zuerst kam Zara-Maria an meinen Tisch und suchte meine Nähe, dann Vanessa. Ich hielt netten Smalltalk mit beiden, doch über Intimeres konnten wir hier am Tisch unter Beobachtung nicht sprechen. „Du scheinst hier aber sehr beliebt zu sein bei der Damenwelt", lächelte mich Gina an.

„Tja, man tut, was man kann", lächelte ich zurück. „Genauso beliebt wie Du bei der Männerwelt hier." In der Tat: Gina hatte zahlreiche Verehrer, die immer wieder an den Tisch kamen und ihre Bekanntschaft zu machen versuchten. Doch Gina blieb cool, flirtete mit jedem ein wenig, ließ ihn dann aber geschickt wieder abblitzen.

Gina wohnte in Paris und war extra mit dem Flieger angereist. Sie hatte eine perfekte Figur. Model halt. Lang, dünn, sexy! Je länger der Abend wurde, desto mehr plante ich mit Gina. Doch würde sie wirklich wollen?

Je länger der Abend ging, desto mehr entschied ich mich gegen Zara-Maria. Ich schrieb ihr eine liebe, aber ehrliche WhatsApp und bedankte mich artig für den schönen Tag mit ihr, ohne Aussicht auf mehr.

Sie antwortete mit keiner Antwort. Ihre Blicke allerdings waren nicht gerade nett mir gegenüber. Sie fühlte sich abserviert. War sich ja auch. Aber so läuft es halt auf dem offenen Markt. Nach leckerem Essen gab es eine Dia-Show von und über Sebastian und Pia, dann folgten einige Reden, dann wurde Party gemacht. Alle tanzten wild, laut und auslassend. Plötzlich tanzte Vanessa neben mir. Sie hatte schon einiges an Alkohol intus und ging voll ran.

„Hey, Du hast mich den ganzen Tag voll links liegen gelassen. Fand ich nicht schön nach gestern Abend", schrie sie mich an, um die laute Musik zu durchbrechen. „Tut mir leid", schrie ich zurück, „war nicht böse gemeint, aber heute Morgen hat sich halt etwas anderes ergeben." „Diese Ärztin hat es Dir wohl ordentlich angetan!"

„Nun ja, wir hatten heute Sex, ja." „Warum mit ihr und nicht mit mir?" „Weil sie nicht so kompliziert ist wie Du. Sie darf ich lecken und auch mit ihr schlafen. Alles kein Problem mit ihr. Das alles willst Du aber nicht." „Ja, aber ich habe meine Gründe dafür." „Ja, und ich habe meine."

Dieses Angebrülle war ganz schön anstrengend. Vanessa wollte diesen Konflikt auf der Stelle klären, also zog sie mich nach draußen. Wir gingen in den Schlosspark und diskutierten: „Hat Dir der Sex mit mir nicht gefallen?", wollte sie wissen. „Doch, war super. Aber eine Frau oral zu befriedigen und mit ihr zu schlafen, das gehört für mich dazu. Obligatorisch.

Und Du bist die erste Frau, die ich kenne, die das nicht von und mit mir möchte." „Also bist Du gekränkt! Oder gar eingeschnappt?" „Nein, ich möchte Spaß beim Sex haben, und dazu gehören halt diese beiden Punkte. Und dass Du nicht die Nacht mit mir verbringen wolltest, habe ich nicht verstanden."

„Und wie soll es jetzt weitergehen?", lallte mich die schöne Vanessa an. „Naja, heute Nacht werde ich entweder mit Zara-Maria verbringen", pokerte ich. „Oder mit Gina, das ist das bildhübsche Model, das neben mir sitzt."

„Ja, die ist echt megahübsch. Muss ich zugeben. Und ich? Bin ich keine Option mehr für Dich?" „Doch, schon, aber die anderen beiden sind einfacher handzuhaben. Daher werde ich mich für eine von den beiden entscheiden. Bitte sei mir nicht böse."

Das war zu viel für sie. Sie begann zu weinen. „Aber ich würde so gerne die heutige Nacht mit Dir verbringen. Gestern war so wunderschön." „Ja, es war echt schön mit Dir, aber ich habe keine Lust auf ´das nicht und dies nicht´, daher entscheide ich mich anders." „Du darfst mich auch lecken, wenn Du Dich für mich entscheidest." Ich überlegte.

„Und Du darfst auch mit mir schlafen, wenn Du Dich für mich entscheidest. Ich mache alles, was Du willst." Das war ein Wort. „Versprochen?" „Versprochen!" „Gut, Vanessa, dann soll es so sein, dann verbringen wir die Nacht zusammen." Sie strahlte mich an und küsste mich im Dunkeln. „Danke, Du wirst es nicht bereuen. Ich werde Dich glücklich machen."

Dieses Versprechen galt es einzulösen. Zara-Maria war ich ja schon losgeworden, jetzt musste ich nur noch Gina irgendwie klarmachen, dass ich andere Pläne hatte. Doch dazu kam es nicht, da Vanessa sofort ins Hotel wollte. Okay, es war bereits 1 Uhr morgens, also eigentlich keine so verkehrte Idee. Ohne Verabschiedungsrunde machten wir uns auf den Weg in mein Zimmer.

Vanessas schönen, dünnen Körper kannte ich ja schon, ihre Hand- und Blowjob-Kunst auch. Beides war klasse, doch wie würde sie schmecken und, vor allem, wie würde sich ihre Pussy innendrin anfühlen? Beides sollte ich erfahren! Leidenschaftlich knutschten wir uns nackt und ich tat Verbotenes, denn ich startete mit geilem Oralsex bei ihr.

Ließ sie ja eigentlich nur in Beziehungen zu, aber ich war eine glückliche Ausnahme. Und diese glückliche Ausnahme machte sie glücklich. Vanessa schmeckte gut da unten. Ich leckte ihre unterschiedlich ausgeprägten Schamlippen wie ein Eis und saugte ihre Klitoris größer und größer. Dabei standen mir ihre Schamhaare wie ein Kinn-Ziegenbart. Vanessa war angetrunken, aber nicht besoffen. Daher spürte sie meine Liebkosungen intensiv und genoss. Sie kam. Junge, schüttelte es sie durch. Meine spezielle Leck-Technik ist halt der Burner!

„Nochmal bitte, weiter!", flehte sie mich an. Gerne. „Komm, lass uns 69 machen", schlug ich ihr vor. 69 ist immer geil! Die leichte Maus spürte ich kaum auf mir, dafür schleckte ich ihre Pussy nun richtig aus. Ihr süßer Po befand sich in meinem Gesicht und ich konnte mit der Muschi machen, was ich wollte. Kein Widerspruch, kein Gezicke – so ist´s recht! Ich leckte und fingerfickte sie zu 2 weiteren Höhepunkten, während sie mir langsam, aber Weltklasse einen blies.

Wir lagen so auf dem Bett, dass ihr Kopf und mein Penis im seitlichen Wandspiegel zu sehen waren. Die Nachtleuchte spendete genug Licht für mich. Ich konnte alles sehen! Schön blies sie mit ihren kleinen Händen und ihrem süßen, sinnlichen Mund. Ihre Haare hatte sie hochgebunden.

Und tief blies sie wieder, verdammt noch mal. Meine ganzen 15 cm verschwanden bis zur Peniswurzel in ihrer dritten Öffnung. Geil! Macht und kann auch nicht jede, so ganz ohne Würgereiz. Die Kanone wollte abschießen, also tat sie es auch. Als ich kam, schluckte die Vanessa die Ladungen 1 und 2 und wichste den Rest dann in ihr Gesicht raus.

Als sie fertig war, küsste sie meinen schlaffer werdenden Dong und meine Hoden ganze 3 Minuten lang. Dasselbe tat ich mit ihren befriedigten Geschlechtsorganen. Dann rollte sie sich runter. „Und, warst Du zufrieden?" „Ja, das war toller, leidenschaftlicher Sex, viel besser als mit irgendwelchen blöden, lustkillenden No Go´s", bestätigte ich.

Die Maus war glücklich. Ich auch. Sie schlief erschöpft ein. Ich fand ihre Pussy so spannend, mit diesem seltsam aussehenden, runden Büschel weit oberhalb ihrer Schamlippen. Das musste ich mir nochmal genauer ansehen! Sie lag auf ihrem Rücken und pennte. Ich machte etwas Licht und spielte Onkel Doc. Süß war sie, diese außergewöhnliche Muschi. Foto! Foto! Foto!

Mehrfach klickte ich mit meinem iPhone und hatte tolle Erinnerungen im Kasten. Aber ich hatte Lust auf mehr: Ich wollte sie endlich ficken und spüren. Doch leider war mit Vanessa nichts mehr anzufangen. Sie war weggetreten, im Reich der Träume. Ich aber war geil wie Schmidts Katze! Ich entschloss mich, sie trotzdem zu ficken.

Schon war ein dünnes Kondom auf meinem Schwanz, und ganz langsam und vorsichtig schob ich diesen in ihre schlafende Pussy. Normalerweise wird da jede Frau wach, aber diese Vanessa hatte wohl mehr Alkohol getrunken, als sie vertrug. So wurde es eine neue Erfahrung für mich: Ein Fick mit einer Schlafenden. Ganz langsam bewegte ich meinen Penis vor und zurück in ihr und genoss den süßen Anblick der K.O.-Frau.

Ich musste filmen! Ich stellte das iPhone seitlich zum Bett auf und nahm auf. Langsam fickte ich Vanessa und grinste dabei teuflisch in die Kamera. Dann nahm ich das Gerät in die Hand und filmte manuell, während er drin war und langsam sich bewegte. Eine unvergessliche Aufnahme! Ich kam nach etwa 15 Minuten diesen einseitigen Ficks in ihr.

Heftig war mein Höhepunkt, da ich ganz langsam gefickt hatte. Umso kräftiger war er. Ich stöhnte so leise es ging und zog das Kondom raus, das vollgefüllt mit meinem Saft war. Ab in die Tonne! Ab ins Bett. Schlafen. Am Samstag stand die kirchliche Hochzeit an, um Punkt 11:30 Uhr. Wecker klingelte um 7:30 Uhr. Ich wurde wach, Vanessa auch.

Die kleine Lady hatte sich die ganze Nacht eng an mich gekuschelt und gut geschlafen. Ich küsste sie Guten Morgen und streichelte ihren Kopf und ihren nackten, von mir in der Nacht ohne ihr Wissen gefickten Körper. „Und, wie hast Du geschlafen?", fragte ich. „So gut!", stöhnte sie und reckte sich. „Ich habe geträumt, wir hätten miteinander geschlafen."

Auweia, hoffentlich ist sie mir nicht auf die Schliche gekommen, dachte ich, doch sie fuhr fort: „Das würde ich jetzt gerne mit Dir machen." Gesagt, gefickt. Wir steckten uns je 2 Mentos ein, und los ging das Liebesspiel. Ich küsste sie zärtlich und dominierte sie von oben.

Mein Penis rieb schon stark an ihrem fettfreien Bauch und höher, und ich spürte ihre Rippen. Kondom drauf. Schwanz rein. Ich zog sie ans Bettende und fickte sie liegend im Stehen. Das Bett war hoch genug. Zuerst vorsichtig, dann immer kräftiger stieß ich zu. Vanessa gefiel es, sie hatte keine Reklamationen. Der Fick mit ihr war krass gut, denn so dünn sie war, so eng war sie auch. Eng und warm. Flutschig und nass. Super Grip mit enger Reibe-Struktur. So liebe ich es! Yes!!

Die Vanessa hatte ihre Augen mal geschlossen, mal offen. Nun wollte ich sie reiten lassen. Entschlossen nahm sie auf mir Platz und mein fetter Dick sprengte beim Reingleiten fast ihre Muschi. Die war mächtig gespannt, konnte ich sehen.

Laut stöhnend fing sie an zu reiten. Ihr kleiner Körper konnte das sehr gut, sie hatte mächtig Power und spießte sich immer öfter und schneller selbst auf. Ihre Haare wehten durch den Raum, sinnlich schüttelte sie ihre Mähne hin und her und rubbelte mit der rechten Hand den Hügel ihrer Venus.

Ich musste kommen. Nicht irgendwann, sondern jetzt. Sofort. Auf der Stelle. Ich drückte ihr Becken zusammen und spritzte ab. Fast hob sie ab dabei. Doch sie fasste sich schnell und drückte mein Becken nach unten mit ihren schnellen, geilen Reitintervallen. Ich war fix und alle, glücklich und gezähmt.

Ich dankte der Maus für dieses sensationelle Erlebnis, sie mir genauso, und plante bereits für den Abend die letzte Nacht mit ihr. Doch es sollte anders kommen: Nach einem kurzen, gemeinsamen Frühstück stand die kirchliche Trauung an. Auf dem Weg dorthin verloren Vanessa und ich uns, und plötzlich stand Gina neben mir.

„Hey, wo warst Du gestern Abend auf einmal? Du warst plötzlich verschwunden." „Ich … äh … hatte noch etwas Wichtiges zu erledigen", stammelte ich. „Ach, so nennst Du das also", grinste sie. „Da flirtest Du die ganze Zeit mit mir und lässt mich dann sitzen für eine andere?" „Nein, so war es nicht", stotterte ich und wollte mich weiter erklären.

„Da machst Du mich die ganze Zeit geil und lässt mich dann unbefriedigt zurück – das geht nicht", lehrte sie mich, eine Frau auf Händen zu tragen. Wie bitte? Was war das gewesen? „Höre ich da raus, dass Du Dich auf eine Nacht mit mir eingestellt hattest?", fragte ich nach. „Auf eine Nacht weiß ich nicht, aber zumindest auf einen heißen Flirt mit allen Optionen."

Ich war baff und spielte bereits mächtiges Kopf-Kino. Vanessa war vergessen, jetzt drehte sich alles um Gina Monroe. Das große Model war nicht ohne. „Habe ich jetzt meine Chancen bei Dir verspielt?", wollte ich wissen. „Das weiß ich noch nicht. Hängt davon ab, wie der Tag verläuft. Wenn Du Dir Mühe gibst, ist durchaus was drin." Geil! What a word!

„Dann bemühe ich mich aufs Äußerste", strahlte ich sie an. Sie strahlte mit. Die kirchliche Trauung war ergreifend. Ich musste weinen. Nicht nur ich, die halbe Kirche. Es folgte eine Schiffsfahrt auf dem Schlosssee mit eigens angemietetem Mississippi-Dampfer. Das war ziemlich edel. Ich verlor Gina nicht aus den Augen und verhielt mich als Kavalier der alten Schule. So versuchte ich Punkte zu sammeln, denn ich wollte diese Marilyn unbedingt besitzen und ficken.

Danach Kaffee und Kuchen Part 2. Zara-Maria war definitiv raus aus dem Rennen. Vanessa hielt ich mir als Ass im Ärmel warm, aber die Nacht sollte unbedingt Gina gehören. Als ich Gina eine Torte an den Tisch servierte, zog sie mich zu sich und meinte: „Heute Nacht, Du und ich." Ich jubelte innerlich, küsste sie auf die Wange und ging zurück zu meinem Tisch.

16 bis 17 Uhr gab es ein Live-Konzert. Und um 19:30 stand das finale Buffet an. Somit ergab sich ein Zeitfenster von 17 bis 18:30 Uhr für einen Abschieds-Sex mit Vanessa. Die freute sich riesig, als ich sie anfragte. Schnell verschwanden wir. Sie konnte ja so gut blasen, also war das mein Wunsch für diesmal. Ficken konnte sie aber auch geil, also beides.

Zuerst blasen, dann ficken. Vanessa blies wieder unbeschreiblich tief. Dann leckte ich sie zu 2 Orgasmen, dann fickte ich sie in einer Hock-Stellung. Keine Ahnung, wie die genannt wird, aber die kann ich gut. Dann ließ ich sie nochmal reiten. Kommen wollte ich aber anders: Ein guter, klassischer Handjob mit Zungen-Beteiligung sollte es beenden.

Ich gab Vanessa den Auftrag, sie führte erstklassig aus. Ihre kleine, linke Hand masturbierte meinen Dick dicklich gut und wichste ihn in senkrechter Raketenstellung über die Rampe hinaus. Ich kam prächtig. 13 Ladungen schoss ich zu ihrem Jubel heraus und hatte für ein Feuerwerk der Extraklasse gesorgt. Das war´s, Vanessa. Danke! Wir zogen uns unterschiedlich an und sahen uns beim Abendessen kurz wieder, doch mein Tisch war erneut derselbe wie Ginas.

Gina war der Hingucker des Abends: In einem knallroten Abendkleid stahl sie selbst der Braut die Show. Ginas Beine waren mit die schönsten, die ich jemals sah. Ihr Kleid war mega sexy und offenbarte viel nackte Haut an den richtigen Stellen.

Alle Männer, selbst die, die mit Ehefrau da waren, hatten eine hängende Zunge bei ihrem Anblick. Sie alle hechelten und wollten gleichzeitig lecken. Ich überschüttete sie mit Komplimenten und wusste, dass diese Knaller-Frau später mir gehören würde. Hoffentlich, oder würde sie einen Rückzieher machen? NEIN, nicht bei mir! Wir aßen, tranken, tanzten, feierten. Gina und ich kamen uns immer näher, bis sie schließlich um 0:45 Uhr morgens mir ins Ohr flüsterte: „Hast Du Lust zu gehen?"

Ich hatte. Gemeinsam schlenderten wir rüber ins Hotel. Die große Schlanke zögerte keine Sekunde und schälte sie aus ihrem sündigen, roten Traum. Zu sehen bekam ich einen perfekten Frauenkörper. Drunter hatte sie nichts. Ihre Muschi war aalglatt rasiert, top gepflegt. Sie hatte ein wenig Glitzer-Goldstaub an ihrem Venushügel angebracht, extra für mich. Wie geil!

Das Zimmer wurde zum Model-Laufsteg: Jeder Schritt, den sie tat, war ein besonders schöner. Dann der erste Kuss. Schmeckte nach Cocktail. Erdbeere mit Aprikose. Und Alkohol. Sie war größer als ich, also drückte sie mich aufs Bett und hockte sich auf mich. Zärtlich gab sie mir Body-to-Body. Dazu knutschte sie mich sowie meinen Körper.

Ohne Gummi wollte sie es. Ich nahm an, sie nahm die Pille. Als 21-jähriges Model ist Schwanger werden keine so intelligente Entscheidung. Ja, sie musste die Pille nehmen. Oder die Spirale. Schon steckte sie sich meinen Knüppel in ihre wunderschöne Pussy und begann zu reiten. Ich sah Marilyn Monroe auf mir. Ein Jugendtraum erfüllte sich gerade. Sinnlich und wild ritt sie mich mit ihrem trainierten Körper durch. Meine Penisadern wurden immer dicker, bis ich ihren Mumu-Muskeln nicht mehr standhalten konnte. Laut kam ich zum Höhepunkt.

Dieser war der Wahnsinn. Während mein Schwanz ganz langsam erschlaffe und ich mein Sperma rausfließen sah, ritt sie weiter, denn auch sie wollte kommen. 2 Minuten später kreischte sie extrem laut, was mir signalisierte, dass auch sie ihr Ziel erreicht hatte. Schweißgebadet stieg sie ab von mir und wischte uns beide sauber. Leider blieb Gina nicht über Nacht. Ich fuhr am nächsten Morgen überaus befriedigt nach Hause und erzählte Andrea von der romantischen Hochzeit, dem tollen Essen, den netten Leuten, aber nichts von meinen Abenteuern.

Mädels-WG – Sissy & Svenja

Andrea war 3 Wochen auf Kur. Sie genoss. Ihr ging es gut. Und ich? Ich war bei einer nächtlichen Räumaktion unsere Kellertreppe heruntergestürzt. Während ich nun im Wartezimmer meines Hausarztes saß und die Schmerzen spürte, rief mich Andrea an. „Wie geht es Dir, mein Schatz?", fragte sie mich liebevoll. „Nicht gut", entgegnete ich, „ich sitze beim Arzt, bin gestern Nacht unsere steile Kellertreppe heruntergefallen."

„Oh mein Gott, Schatz!", kreischte sie und bemitleidete mich wie Hannes. „Ich sitz hier beim Arzt, es wird schon nichts gebrochen sein, aber ich schicke Dir mal ein Foto von meinem Gesicht. Nichts für schwache Nerven."

Ein paar Selfies später kam ein geschriebenes „Oh mein Gott!!" zurück und mein Handy klingelte. „Oh mein Gott!!", schrie Andrea in den Hörer und bemitleidete mich wie Hannes 2. Als ich aufgerufen wurde, würgte ich Schatz ab und folgte der jungen Schönheit ins Ärztezimmer. Der Doc checkte mich durch und meinte, dass nichts gebrochen sei. Lediglich die Prellungen und Schürfwunden würden mich noch ein wenig begleiten. Er verschrieb mir gute Salben und Schmerztabletten.

Das kesse, schwarzhaarige Empfangsmädchen lächelte mich freundlich an und werkelte an ihrem PC herum, bis meine Rezepte ausgedruckt waren. Ich flirtete sanft mit ihr, doch fühlte mich aufgrund meines entstellten Aussehens nicht in der Lage und Position, weiter zu gehen.

Höflich verabschiedete ich mich von ihr und ging in die nächste Apotheke. Die Schmerztabletten wirkten gut, am nächsten Tag ging ich zur Arbeit und tischte meinen Untergebenen die Story vom Treppensturz auf. Der Tag verging dank viel Arbeit wie im Flug, und abends fand ich mich im Kaufland wieder, wo ich mit dem Wagen voller Getränkekisten die Kassen ansteuerte. Doch wie so üblich sind dort kurz vor Feierabend meterlange Schlangen an jeder Zahlstation.

Ich ärgerte mich und schaute mich um. Und wer stand direkt hinter mir? Die Süße vom Doc! Sie strahlte mich an und meinte grinsend: „Hey, so trifft man sich wieder."

Ich freute mich und setzte mein bestes Lächeln auf. „Wie geht's Ihnen heute?", fragte sie mich. „Besser", meinte ich, während mein Blick auf das braunhaarige Mädel neben ihr fiel. So etwas Hübsches hatte ich lange nicht mehr gesehen.

„Ach, das ist die Svenja, meine Mitbewohnerin", stellte sie mir die Svenja vor. Ich war hin und weg, sexuell überaus gereizt. Während wir weiter an der Kasse warteten, nutzten wir die Zeit mit Smalltalk. Ich erfuhr, dass Svenjas Mitbewohnerin Sissy hieß und beide blutjunge 20 waren.

Während Sissy bei Onkel Doktor arbeitete, war Svenja gerade im ersten Semester eines Medizinstudiums. „Wir führen unsere WG seit 2 Jahren, sind beide Singles, somit ist alles lässig bei uns." Gefiel mir. Ich erzählte den beiden nichts von Andrea, sondern ließ sie im Glauben, auch Single zu sein.

Als ich endlich dran kam und knappe 70 Euro los war, wartete ich auf die beiden Prinzessinnen, die – pünktlich zum Wochenende – einige alkoholische Drinks eingekauft hatten. Auch Sekt war dabei. „Heute wird richtig gefeiert", erklärte mir Svenja, „denn Sissy hat ihre Probezeit überstanden und wird von ihrem Chef übernommen." „Glückwunsch!", schoss es aus mir heraus. „Wissen Sie was?", fragte mich Sissy. „Wenn Sie Lust und Zeit haben, feiern Sie doch mit, der Alkohol wird Sie ablenken von den Schmerzen, die Sie sicher noch haben."

„Woher kennst Du ihn eigentlich?", fragte Svenja halblaut ihre Freundin ins Ohr. „Aus der Praxis", gab diese zurück, „der Arme ist die Treppe heruntergestürzt." Und schon wieder wurde ich bemitleidet wie der gute, alte Hannes. Ich witterte meine Chance und sagte den beiden spontan zu.

„Wenn Sie jetzt schon Zeit haben, kommen Sie gleich mit uns, unsere Party startet in genau dem Moment, wo wir unser Heim betreten." Ich konnte auch hier nicht Nein sagen, und nachdem wir unsere Einkäufe in unseren Wägen verstaut hatten, fuhr in den beiden nach und war gespannt, was ich an diesem Abend alles erleben würde.

10 Minuten später betrat ich eine kleine, sehr freundliche 3-Zimmer-Wohnung in Aufkirchen. Die Mädels wohnten in einem Mehrparteienhaus im obersten Stock mit schöner Aussicht vom Mini-Balkon auf eine Grünanlage.

Sissys Zimmer war mädchenhaft eingerichtet, Svenjas deutlich erwachsener. Das Wohnzimmer verfügte über eine große, lange, breite, einladende Couch. Nacheinander verschwanden die Mädels in ihren heiligen 4 Wänden, um sich abzuschminken und leger anzuziehen. Sissy kam in flusigem Shirt und Jogginghose zurück, Svenja in Dreiviertelhose und Sweatshirt darüber. Sexy sah das nicht aus. Auch der Abend verlief anders als geplant. Es war eine nette Dreierrunde. Die beiden Ladies machten keine Anstanden, dass es auf Sex hinauslaufen würde. Schade.

Wir stießen Sekt an und tranken ihn. Dann ging es weiter mit Alcopops. Die Mädels wollten scheinbar einfach einen lustigen Abend haben und feiern. Na gut, feiere ich halt mit. Die Musik lief laut und der Film „XXX" mit Vin Diesel flackerte auf dem Laptop. Und es wurde geraucht. Das mag ich nicht gerne. Eine nach der anderen wurde gequalmt, aber da musste ich durch, denn witzig war es mit den beiden ja schon.

Je länger der Abend ging, desto wilder wurde er. Wir spielten Blinde Kuh und Flaschendrehen, aber sexuell ging leider nichts. War mir mittlerweile auch egal. Ich wusste, ich bin zu angetrunken, um Auto zu fahren, also plante ich, bei den beiden auf dem Sofa zu schlafen. Außerdem ist ja ohnehin morgen Wochenende. Irgendwann um 3 Uhr morgens schlief ich ein.

Wach wurde ich kurz nach 7, als ich dringend pinkeln musste. Das Wohnzimmer sah schlimm aus, hier wurde definitiv eine große Party gefeiert. Ich pisste 2 Minuten lang alles heraus und schaute in den Spiegel: Wenn mich Andrea so fertig sehen würde … Zurück auf die Couch und weiterschlafen. Sissy und Svenja lagen auch auf der Couch, beide schnarchten besoffen vor sich hin. Ich betrachtete sie: Sissys langen, schwarzen Haare waren schön und gut gepflegt. Ihr Gesicht war jung, sexy.

Besonders die Nase hatte eine für mich sehr reizende Form. Ihre Hände waren klein und niedlich, die Finger dünn und schmal. Ich schätzte sie auf gute 50 kg bei einer Größe von etwa 1,65 m. Svenjas Haare waren braun und mittellang. Ihr Gesicht glich dem einer Göttin. Ihre Hautfarbe war heller als Sissys, und sie hatte größere Möpse, das konnte ich klar erkennen. Sie lag seitlich, was mir eine gute Sicht auf ihren Po ermöglichte. Perfekt war der!

Ich rieb mir die Augen und spürte, dass in meiner Hose etwas steif wurde. Und plötzlich war der Trieb da, der mich über all die Jahre auszeichnete und der mir hoffentlich bis zu meinem letzten Atemzug ein treuer Freund und Begleiter sein wird. Ich wurde geil! Doch beide schliefen und ich sah keine Chance auf sexuelle Handlungen mit ihnen, also erledigte ich es auf die einfache Tour: Ich holte mir einen runter.

Das hatte ich lange nicht mehr gemacht, weil ich es einfach nicht nötig habe. Entweder komme ich bei meiner Andrea, die mich mit Händen und Mund verwöhnt, gerne komme ich auch in ihr. Oder es sind diverse Frauen, die ich ficke und mit denen ich mich sexuell austobe, wo ich meine Orgasmen habe.

Während ich am Ende des Sofas Platz nahm, sodass ich eine perfekte Sicht auf beide schlafenden Sex Toys hatte, knetete ich ihn mächtig hin und her, bis er steif wie ein Eisenträger war. Nun begann ich zu wichsen. Zuerst fokussierte ich Svenjas geilen Hintern an und erfreute mich an ihm, dann konzentrierte ich mich auf Sissys engelhaftes Gesicht und ihre kleinen, feinen, warum nicht meine Hände.

Ich war immer noch angeschlagen von der durchzechten Nacht und hatte nicht die komplette Übersicht, denn mittlerweile musste Svenja wach geworden sein, denn ich hörte sie auf einmal laut fragen: „Hey, was machst Du denn da?" „Pssssst!", verbot ich ihr das Drama und hielt meinen Zeigefinger an meinen Mund. Das wirkte. Svenja verstummte und glotzte mich schockiert an. „Siehst Du doch", flüsterte ich und hielt meinen Dong fest in der anderen Hand.

Sie war immer noch sprachlos. „Ich muss Druck abbauen", erklärte ich im Flüsterton weiter, „ich bin schon seit 30 Minuten wach und er ist steif wie ein Eisenträger. Das hält kein Mann aus." Svenja begann verständnisvoll zu nicken und verschwand im Badezimmer. Ich war verunsichert. Zumindest hatte sie keinen Alarm geschlagen und Sissy wachgebrüllt.

Ich hielt meinen Ständer immer noch in Stellung, als sie zurückschlich, zu mir kam, mich an die Hand nahm, den Zeigefinger mit einem „Pssssst!" an ihren Mund hielt und mich in ihr Zimmer führte. Dann schloss sie die Tür. Oh Mann, was hat die jetzt vor? Mir einen Anschiss verpassen? Mich rausschmeißen?

Es kam anders. Svenja drückte mich auf ihr Bett, schob meine Dong-Hand beiseite, kniete sich vor mich und meinte nur: „Ich erledige das für Dich."

Ich blickte in ihr müdes Gesicht, doch müde war ihre linke Hand nicht. Die wichste ziemlich schnell los, mit dem einzigen Ziel, mich zu erlösen von meiner Blutstau-Pein. Viel Erotik war nicht dabei, es sollte ein schneller, gnadenloser Handjob werden, ohne Gefühle, ohne Spiel, einfach mechanisch durchgeführt. Doch das konnte sie sehr gut. Ihre langen Finger passten gut um meinen Dong, und Wichsen konnte sie auch geil.

Fest entschlossen und eng umschlossen schenkte sie so meinem Penis die Erlösung, die er brauchte. Schon nach 2 Minuten Arbeit spürte ich meinen Orgasmus kommen und kündigte ihn an. Svenja veränderte ihre Position, sodass ich nach vorne wegspritzte, während sie von der Seite weiterwichste. Sie wichste immer weiter, bis ich leer war und mein Penis schaff wurde.

Kommentarlos zog sie mich wieder hoch und zurück ins Wohnzimmer, wo sie sich auf die Couch legte und ihre Augen schloss. Aha, ich hatte verstanden. Weiterschlafen ist angesagt. Ich legte mich auf die freie Sofastelle und schlief – wie mir befohlen – kurze Zeit später ein. Wach wurde ich durch den herrlichen Geruch frischer Croissants. Ich blickte neben mich, doch neben mir lag keine mehr. Die beiden standen in der ins Wohnzimmer integrierten Küche und waren mit der Vorbereitung des Frühstücks beschäftigt.

Mich lächelten 2 Tangas an: Sissy trug einen gelben, Svenja einen schwarzen. Beide zeigten viel mehr Po als String. Geil! Darüber hatten beide bauchfreie Tops. Alles sexy, was ich sah. Ich sah auch die Uhr an der Wand, die zeigte 12:15 Uhr. Wir hatten also doch einiges geschlafen. „Guten Morgen", lallte ich etwas schlaftrunken in den Raum hinein. „Guten Morgen", lallte es von den beiden zurück.

Sie sahen mich an, und ich konnte gut erkennen, dass sie definitiv ein paar Liter zu viel Alkohol konsumiert hatten. Zerzaust sahen sie aus, aber beide waren lieb zu mir. Nachdem ich mich frisch gemacht hatte, schlurfte ich in meiner Bermuda-Unterhose und Brusthaar zeigendem Shirt an den Wohnzimmertisch, an dem die beiden Ladies bereits auf mich warteten.

„Kaffee?", wurde ich gefragt. „Kaffee!", antwortete ich. Netter Smalltalk während des Frühstücks. „Ich habe Kopfschmerzen", schoss es plötzlich aus Sissy heraus. „Oh Mann, das waren echt ein paar Gläschen zu viel gestern", hielt sie sich den Kopf fest, „ich habe durchgeschlafen wie ein Murmeltier, wie tot."

„Ich nicht", konterte Svenja, ich wurde gegen 7:30 Uhr wach." Sie blickte mich an und richtete ihren Zeigefinger auf mich: „Wegen ihm." „Wegen mir?", fragte ich überrascht zurück. „Yes, ich bin wegen Dir wach geworden, kannst Du Dich nicht erinnern?" „Doch", murmelte ich verlegen, was Sissy neugierig machte: „Was war denn los?", fragte sie in die Runde.

„Ach, nichts", stammelte ich zurück, doch das reichte ihr nicht. Sie fixierte Svenja, die ihr bereitwilliger Auskunft gab: „Er konnte nicht schlafen, hatte einen Dauersteifen, da habe ich ihm kurz geholfen, und dann war alles wieder in Butter." Ich war sprachlos. Mit welcher verdammter Selbstverständlichkeit Svenja über ihren Handjob an mir sprach, das erschütterte mich. Doch Sissy reagierte anders, als ich erwartet hatte: Sie blickte mich an, von oben bis unten, dann lachte sie los.

Sie spielte dieses Lachen nicht, sondern verschluckte sich fast daran. Ich verstand nicht, was daran lustig war, auch Svenja schaute wie ein Bahnhof.

„Also, das ist ja eine ulkige Geschichte, die ihr mir hier auftischt", keuchte Sissy mit Tränen in ihren Augen. „So etwas Doofes habe ich echt schon lange nicht mehr gehört." „Aber es stimmt", protestierte Svenja, „Du, das war wirklich so." „Ja, es stimmt, es war so", unterstützte ich Svenja. Sissy prustete schon wieder laut los und fiel vor Lachen fast vom Stuhl.

Svenja wurde zornig, stieß ihrer Freundin mit dem Ellenbogen in die Rippen und schaute sie böse an. „Hör auf, hier den Affen zu spielen. Es war so. Punkt!" Nun schien Sissy zu verstehen. Ihr Anfall endete, sie schaute uns mit großen Augen an und verstand, dass wir ihr nur die Wahrheit erzählt hatten.

„Krass", brachte sie heraus, „echt?" „Ja, ich wurde um 7 Uhr in etwa wach und hatte einen Steifen. Konnte nicht mehr einschlafen. Ich hab´s versucht, ging aber nicht. Da wollte ich mich schnell erleichtern. Dabei ist dann Svenja wach geworden, hat das mitbekommen und mir dabei geholfen.

5 Minuten später sind wir dann wieder eingeschlafen." Meine ehrliche Ausführung erntete ständiges Nicken bei Svenja und einen offenen Mund bei Sissy. „Du hast ihm einfach so einen runtergeholt?", mahnte sie ihre geliebte WG-Partnerin an. „Ja, wo ist das Problem?", schoss Svenja zurück. „Du hast Sex mit ihm gehabt!" „Nö, war doch kein Sex, sondern nur ein Handjob!"

Die Diskussion der beiden ging weiter ... doch langsam fing es an zu nerven. Ich verstand Sissys komisches Verhalten nicht, was für ein Problem hatte sie? War sie eifersüchtig? Prüde? Oder einfach nur asexuell?

„Schluss jetzt, verdammt noch mal!", plärrte ich dazwischen. „Hört auf damit!" Ruhe. Wo ist das Problem, Sissy?", fragte ich sie direkt. „Svenja hat mir einen runtergeholt, mehr nicht. Es ist nichts anderes passiert. Ich konnte nicht schlafen, hatte einen Steifen, wollte mich erleichtern, sie wurde wach, hat das gesehen und mir geholfen. Das war´s. Mehr nicht." Mein Anschiss wirkte. Sissy hatte Tränen in den Augen, diesmal aber nicht vor Freude, sondern von meinem Angriff. Svenja nahm sie in den Arm und tröstete sie.

Ich entschuldigte mich, sollte ich etwas zu laut geworden sein, da schniefte Sissy in Svenjas T-Shirt hinein: „Und, wie war´s?" „Normal, ich weiß nicht, ich kann mich an keine Details erinnern. Ich hab ihm einen runtergeholt, drüben in meinem Zimmer, auf dem Bett, er kam, fertig." Sissy schien sich sehr für den Tathergang zu interessieren. „Und wie war das für Dich?", drehte sie sich zu mir um.

„Schön", antwortete ich lässig, „wie gesagt: Ich wurde wach mit einem Steifen. Ich wollte ihn ignorieren, doch ich merkte, dass er gestaut war und einfach kommen wollte. Dann sah ich Euch beide da so süß und sexy liegen. Ich wurde wacher und konnte erst recht nicht weiterschlafen. Da wollte ich es mir schnell selbst machen, damit ich wieder schlafen kann, da wurde auch schon Svenja wach und fragte mich, was ich da mache. Ich erklärte es ihr, da meinte sie, sie werde mir dabei helfen. Sie nahm mich rüber und holte mir zügig einen runter."

„Ja, und wir war´s?", fragte Sissy mich erneut. „Schön, habe ich doch schon gesagt", wiederholte ich mich, „aber ich kann mich auch nicht an jede einzelne Handbewegung erinnern."

Das Gesprächsthema war nicht ohne, denn mein Penis war mittlerweile steif dadurch geworden. Ich bemerkte das in der Hitze des Gefechtes gar nicht, aber Sissy, die schräg neben mir saß, sah das.

„Und jetzt hast Du wieder einen Steifen, der erleichtert werden muss, oder?", fragte sie mich frech. Ich schaute nach unten und kapierte meine Erregung. „Äh, nein … naja … irgendwie schon", stammelte ich verlegen zurück. „Dann bin aber jetzt ich dran", rief Sissy fröhlich durch den Raum und griff – bevor ich es verhindern konnte – an und in meine Shorts.

Durch die Pinkelöffnung zog sie meinen Dong an die Luft. Ich saß am Frühstückstisch und Sissy wichste mir einen runter. Svenja blieb seelenruhig auf ihrem Platz, von dem sie nichts Genaues sehen konnte, und frühstückte einfach weiter. Sissy aber konzentrierte sich sehr auf mich und vögelte mich mit ihren Augen. Sie setzte all ihre Reize ein, um mir einen guten Orgasmus zu beschaffen. Ich schaute an mir hinab und sah, wie ihre kleine Hand gute und zügige Arbeit leistete.

Ihr Handjob war – genauso wie der nächtliche Svenjas einige Stunden zuvor – nur auf ein einziges Ziel ausgelegt: Meinen schnellen Orgasmus. Nach 4 Minuten wurde ich unruhig, und schon schoss die erste Samenladung heraus. Sissy grinste und wichste schnell und brav weiter. Mein Sperma verteilte sich auf meiner Seite der herabhängenden Tischdecke und ich spürte eine wunderschöne Entspannung in meinen Körper einströmen.

Easy wischte Sissy ihre nassen Hände an der Serviette ab und nahm sich das nächste Croissant vor. Ich wischte meinen Dong mit meiner Serviette sauber, steckte ihn wieder in meine Unterhose, knöpfte sie zu und griff nach dem nächsten Croissant. Lecker waren die!

„Und, wie war´s?", frage mich die Sissy aufreizend mit extra Lidschlag. „Schön, danke", erwiderte ich und kaute kräftig weiter. „Das freut mich", grinste Sissy, und wir aßen gemütlich zu Ende. „Also, ich muss schon sagen, das waren 2 der seltsamsten Handjobs, die ich in meinem Leben bekommen habe" – mit diesen Worten beendete ich unser Frühstück. „Hä? Wie meinst Du das denn?", fragten Svenja und Sissy synchron. „Naja", schaute ich in die Luft und holte Luft:

„Ich bin hier mit 2 wunderschönen, jungen Frauen. Wir haben uns gestern kennengelernt und zusammen Party gemacht. In der Nacht holt mir die eine einen runter, nur um mir behilflich zu sein, und am Morgen holt mir die andere einen runter, nur um auch mal machen zu dürfen. Und dabei isst die eine seelenruhig weiter. Ist schon ein krasses Szenario, oder, meint Ihr nicht?"

Die beiden überlegten: „Hm, also so, wie Du es erzählt, klingt es schon seltsam, aber ich glaube nicht, dass Du Dich beschweren kannst: Du hast innerhalb von 6 Stunden 2 Orgasmen von uns bekommen", flötete Sissy zurücksüß zurück. „Schon", flötete ich zuckersüß zurück, „aber so bin ich das einfach nicht gewohnt." „Und wie bist Du es denn gewohnt?", mischte sich Svenja ebenso zuckersüß ein.

„Ich bin es gewohnt, dass das Ganze auch mit Erotik zu tun hat. Besoffen nachts schnell einen abwichsen oder während des Essens gegen die Tischdecke schütteln, während das halbe Brot noch im Mund steckt, hat nichts allzu Erotisches an sich. Ich habe es viel lieber mit schönem Vorspiel, Zärtlichkeit, Ihr wisst schon, einer sexy Stimmung, Magie in der Luft, wo man nackt zusammen in Fahrt kommt und dann sich auch gegenseitig verwöhnt. Das macht doch guten Sex erst aus."

„Ja, ich verstehe, was Du meinst", diskutierte Sissy mit und schaute ihre Busenfreundin an. Dann tuschelten die beiden. Ich verstand kein Wort, aber die Blicke der beiden waren obszön. „Gut, Du bekommst, was Du willst", drehte sich Sissy zu mir um. Sie drückte an ihrem Handy herum, bis Kuschelmusik erklang. Sie zog die Vorhänge zu. Sie und Svenja marschierten an mir vorbei und legten sich lasziv auf die große Couch.

„Na, dann komm her, Großer", forderten sie mich auf, ihnen zu gehorchen. Ich gehorchte. Ich gesellte mich zu beiden, und schon war es Svenja, die ihre Lippen zum Küssen einsetzte. Auf den Mund. Um den Mund. In den Mund. Die kannte alle Tricks und keine Hemmungen. Auch Sissy war aktiv und streichelte meinen gut trainierten Oberkörper unter dem T-Shirt, das kurz darauf zu Boden flog. Auch die beiden Tops der Damen flogen und ich knetete 2 Paar schöne Brüste durch. Auch Sissy wollte knutschen, sie schmeckte nach Aprikosen-Marmelade. Ja, ich mag Aprikosen-Marmelade!

Mir wurde immer heißer, obwohl ich nun auch meine Boxershorts verlor. Sissy streichelte meine Hoden, während Svenja den Penis zu wichsen begann. Ich musste aktiv werden und zog den beiden ihre geilen Strings runter. Zum Vorschein kamen Blanke Pussy 1 und Blanke Pussy 2. Svenja hatte deutlich größere Schamlippen als Sissy, aber alle 4 waren schön und jung.

Ich lag auf dem Sofa wie Gott in Frankreich. Bevor ich Mösen-Billard mit meinen Händen spielen konnte, krochen die beiden zu meinen Füßen und gaben mir einen Double Blowjob des Wahnsinns. Sissy konnte irre gut blasen, ihr enger Mund und ihre kleine Hand passten perfekt um meinen Dong.

Auch Svenja konnte sehr gut blasen, ihre größere Hand fühlte sich ganz anders an meinem besten Stück an und ihre Zunge spielte Tremolo mit. „Und, gefällt Dir das so? Entspricht das Deinen Vorstellungen?", fragte Sissy lutschend. „Ja, perfekt so", stöhnte ich und ließ mich weiter stimulieren.

Die beiden ließen sich bewusst Zeit und wollten mich – anders als davor bei den schnellen, rein mechanischen Handjobs – richtig verwöhnen. Das gelang ihnen zu 110%. Mein 15 cm langer Penis stand wie eine Eins, die beiden wurden immer sinnlicher und gaben sich beste Mühe, mich auch optisch perfekt zu stimulieren. Auch das gelang ihnen zu 110%.

Nun wurde es langsam ernst: Ich spürte meinen Orgasmus mit 110 Sachen anrollen. Er wurde immer schneller, dass ich keine Warnung mehr ausstoßen konnte, stattdessen meinen Saft ausstieß. Ich kam, als ich gerade tief in Sissys Mund steckte. Doch das Luder zuckte keine einzige Sekunde, sie blies und streichelte engagiert und souverän weiter, bis sie ihn der Svenja übergab, die auch noch etwas Restsperma abhaben wollte.

Ich muss sagen: Dieser Orgasmus war um 110 Meilen besser als die beiden davor zusammen. Grinsend kuschelten sich die Girlies an mich und mein Leben als Gott in Frankreich bestätigte sich. „Wow, das war mega", lobte ich sie und küsste sie hintereinander auf den Mund. So lagen wir 5 Minuten beisammen, ehe Svenja sich meldete: „Du hast vorhin am Tisch etwas von gegenseitig verwöhnen gesagt. Das meintest Du auch so, oder?" „Klar, keine Sorge", beruhigte ich ihre Zweifel, „jetzt seid Ihr dran."

Sagte ich und begann, beide Frauenkörper zu streicheln. Beide Bodies fühlten sich so schön und jung an, straff, unverbraucht. Meine Hände wanderten über die Brüste tiefer zu den Blanken Muschis. S&S lagen eng zusammen und hielten sich die Hand, wie süß! Sie genossen es miteinander, wie ich ihre Clits berührte und schließlich anfing, daran zu rubbeln und zu knabbern. Sissy stöhnte laut und aggressiv, Svenja leise und depressiv. Nun war Zungenakrobatik angesagt. Mit meiner besonderen Leck-Technik leckte ich Sissy zu 3 heftigen Orgasmen, während ich Svenjas Pussy fingerfickte.

„Ich will auch, ich will auch!", wünschte sich Svenja lautstark und zog meinem Kopf nach Sissys 3 Highlights fest zu sich herüber. Ich verwöhnte Svenja genauso lecker wie Sissy. Auch sie kam dreimal innerhalb von 10 Minuten. Glücklich zogen mich die beiden zu sich in die Arme und es war romantisches Sandwich-Kuscheln angesagt.

„Und, das war doch schöner als das sture und schnelle Abgewichse, oder?", suchte ich nach Anerkennung für das tolle Spektakel, das wir zu dritt erlebt hatten. „Ja" und „Ja" bekam ich einsichtig zu hören. Nach 1 Stunde, die wir uns schöne Nähe schenkten, war es Svenja, die etwas wollte: „Kannst Du mich nochmal so geil lecken wie vorhin?", fragte sie mich mit großen Augen. „Ja, mich auch!", jubelte Sissy mit.

„Nur, wenn ich Euch ficken darf", schoss es männlich aus mir heraus. „Okay", nickte Sissy und holte unterm Sofa eine Packung Gummis hervor. Schnell war meine Wurst eine Wurst und bereit zum Torfstechen. Ich überlegte kurz: Ich soll ficken und lecken gleichzeitig. Wie geht das am besten?

Ganz klar: Ich werde geritten und lecke die andere, die über meinem Gesicht hockt. Svenja war die erste, die geleckt werden wollte, also nahm sie mir die Luft, während die Sissy Cowgirl spielte und meinen Penis langsam und sehr eng ritt.

Ihre Muschi war so klein wie eng, es fühlte sich kindlich an. Ich musste mir große Mühe geben, nicht schon jetzt zu kommen. Svenjas Pforte des Himmels befand sich in meinem Gesicht und ich drückte meine Zunge genau an ihren erotischten Punkt, dann bearbeitete ich ihn mit meiner Zungenspitze bis zum Orgasmus.

Gerne hätte ich weitergemacht, aber ich merkte, mein Orgasmus war nicht weit entfernt. Soll ja auch Svenja reiten dürfen. Frauentausch. Sissys Pussy nahm nun auf mir Platz, sie war saftig vom Ficken und ich genoss es, ihre dunkelroten Schamlippen zu erkunden, dann ihre kleine Klitoris, die schnell zu einer übergroßen Klitoris wurde. Währenddessen ritt mich Svenja. Ihre Röhre war weiter als die von Sissy, gut, so konnte ich noch ein wenig durchhalten. Svenja konnte gut reiten, rauf und runter sauste sie, immer schneller, bis ich ejakulierte.

Just in diesem Moment schüttelte sich auch Sissy über mir und schrie ihr Glück ins Land. „Und, zufrieden?", fragte ich beide mit meinem besten Grinsen trotz zerschundenem Gesicht. „Fantastisch, Du bist der beste Lecker, den ich je hatte", küsste mich Sissy. „Du bist auch der beste Lecker, den ich je hatte", küsste mich Svenja ebenso glücklich auf den Mund.

Leider musste ich noch einiges erledigen und los. Um 21:15 Uhr war ich wieder bei Sissy und Svenja, die sich supersexy für mich gemacht hatten. Halbnackt und geschminkt erwarteten sie mich und schmissen sich sofort an mich. Diesmal landeten wir in Sissys Bett.

Ich denke, das war geplant, weil Sissy gegenüber einen Wandschrank mit Spiegelwand hatte. So konnte ich zusehen, wie mich diese beiden Luder von oben bis unten küssten und von mir nacheinander Doggy Style gevögelt werden wollten.

Während ich Sissy von hinten nahm, beschäftigte sich Svenja mit sich selbst und hatte Parkinson´sche Finger. Wechsel. Während ich Svenja von hinten nahm, knutsche mich Sissy mit tiefer Zunge. Ich wollte nicht unfair sein und in einer kommen, doch Sissy meinte „Schon okay, danach kommst Du dann in mir", und so ließ ich meinen Trieben freien Lauf und kam in Svenjas Pussy. Während der Erholungsphase knutschten wir.

Ich Svenja. Ich Sissy. Svenja Sissy. Sissy Svenja. Ich Svenja und Sissy. Ich Sissy und Svenja. Svenja Sissy und mich. Sissy Svenja und mich. So verdammt intensiv und detailverliebt hatte ich lange nicht mehr geknutscht. Es war genial! Es erinnerte mich an meine ersten sexuellen Erfahrungen und meine ersten Mädels, wo erstmal außer Knutschen nichts lief. Da wurde nur geknutscht!

Als mein Penis wieder vollsteif war, erfüllte ich der Sissy ihren Wunsch und fickte sie á la Hund, bis ich in ihrer pulsierenden, kleinen Möse heftig kam. Svenja hing von hinten an mir dran und küsste meinen Hals mit Mund und Zunge. So eine Dreierkonstellation hatte ich bisher noch nie erlebt. Aber muss sagen: Absolut lohnenswert und schön so etwas!

Später leckte ich beide noch zu ihren Höhepunkten und bekam vor dem Schlafen einen Double Blowjob geschenkt. Ich kam nach 15 Minuten, als mich Sissy in den Mund von Svenja masturbierte.

Leider stand am nächsten Tag bereits Andreas Rückkehr an. Ich überlegte, wie ich Sissy und Svenja das Ende unserer kurzen Affäre beibringen sollte. Verlieren wollte ich beide nicht, aber vorerst beenden musste ich es schon. Von Andrea erzählen wollte ich nicht, also griff ich zu einer Notlüge: „Mädels, ich habe gestern im Job ein neues Projekt angenommen, das wichtig ist. Da hängen Millionen dran und die Zukunft der Firma.

Ich muss mit klarem Verstand dieses Projekt angehen, dafür sorgen, dass alles klappt. Und Ihr beide verdreht mir dermaßen den Kopf, dass ich den Verstand verliere. Ich muss mich voll und ganz auf die Arbeit konzentrieren. Aber sobald ich das Ding erfolgreich abgeschlossen habe, komm ich gerne wieder auf Euch zurück. Okay?"

Die beiden nahmen es nicht so tragisch, waren trotzdem traurig und baten darum, dass ich mich unbedingt melden solle, wenn mein Kopf wieder frei wäre. Ich leckte und fickte sie ein letztes Mal und verabschiedete mich von ihnen nach Hause, wo ich alles für Andreas Rückkehr vorbereitete.

Porno – Star; Spring & Daisy

Nun lüfte ich ein Geheimnis: Ich habe in 3 offiziellen Pornos mitgespielt. Wie diese heißen, verrate ich nicht, sie könnten meinem Ruf enorm schaden und mir meine Karriere versauen. Mir eventuell auch meine Ehe kosten, wenn Andrea dies wüsste. Allerdings war das weit vor ihrer Zeit. Ich war 23 und mitten im Studium. Ich hatte schon als 13-Jähriger den Wunsch, das irgendwann einmal auszuprobieren.

Ich stellte mir den Pornodreh wie ein Paradies vor: Ficken mit den schönsten, geilsten Schlampen. Und dafür noch Geld bekommen. Der Wahnsinn! Als ich 23 Jahre alt war und schon ein gefragter Womanizer, stand für mich fest, nun diesen Schritt zu wagen. Zufällig las ich in einem einschlägigen Magazin eine Anzeige für ein Casting, für das ich mich anmeldete.

Das Casting fand in M-Riem statt. Ich erschien gepflegt und ausgeruht am Set. Dieses war eine riesengroße Penthouse-Wohnung auf 3 Ebenen, mindestens 500 m² groß, mit Pool, Sauna und Schnickschnack. Ich wurde in ein Seitzimmer geführt und sollte warten. Dann kamen 2 Herren und 1 Dame herein: Produzent Tim, Kameramann Tom und Betreuerin Noelle.

Es entwickelte sich ein nettes Gespräch, in dem ich mich vorstellte und ihnen all ihre Fragen beantwortete. Und sie mir meine. Ich legte ihnen mein Gesundheitszeugnis vor: AIDS-frei und geschlechtsgesund. Das Casting bestand aus 2 Einheiten. Ich wurde gefragt, ob ich auch eine Schwulenszene drehen möchte, aber das lehnte ich entschieden ab. Letzten Endes stand fest: Ich drehe einmal mit Star, später einen Dreier mit Spring und Daisy. So die Künstlernamen der weiblichen Profis.

Ich war mächtig aufgeregt. In der Umkleide lernte ich Star kennen. Sie war genau mein Typ Frau: Mittelgroß, schlank, lange, blonde Haare, sehr sexy, mädchenhaft. Sah aus wie Mia Magma. Sie war 22 Jahre jung und bereits ein namhafter Name in der Szene. Profi seit 2 Jahren. Bereits 8 Hardcore-Filme gedreht. Ich stellte mich höflich vor. Sie sich auch. „Wir drehen heute zusammen?", fragte sie mich. „Ja, im Rahmen eines Castings für mich", antwortete ich.

„Schön, ich freue mich", zwinkerte sie mir zu und kaute weiter an ihrem Kaugummi. „In einer halbe Stunde seid Ihr dran", rief Noelle, „ab in die Maske." Während wir geschminkt wurden, hörte man aus Nebenräumen Stöhnen und Anweisungen, dort wurde bereits gedreht. Immer wieder kamen halbnackte Frauen und Männer in den Raum und ließen sich schminken oder abschminken.

Ich beobachtete Frauen wie Männer gleich. Geile Körper sah ich. Die Frauen waren schlank und sexy, die Männer gut gebaut. Ihre Penisse waren mindestens so lang wie meiner, die meisten sogar länger. Meine steifen 15 cm sind schon echt ganz gut, aber was ich da sah, waren sicher auch manche so um die 20. Besonders die von den 2 Afros.

Dann wurden wir eingewiesen. Es sollte eine klassische Pizzajungen-Nummer werden. Ich war der Pizzajunge, Star die Bestellerin und Hausdame. Sie hatte Pizza bestellt, ich lieferte. Ich klingelte. Sie in krass sexy Klamotten vor mir. Kurzer Dialog. Sie hat kein Geld. Ich will aber Geld. Sie bietet mir Sex für Geld. Ich kann nicht anders. Sie verführt mich.

Bläst mir im Stehen einen, ich lecke sie, dann ficken wir in sämtlichen Variationen. Zum Schluss wichst sie mich liegend durch ein mittiges Loch in der Pizza auf diese und isst ein Stück davon. Ende. Typisch Porno halt. Der Dialog war nicht festgelegt, wir sollten improvisieren.

Ich war bereit. Star auch. Ich klingelte. Sie machte auf. „Pizza, die Dame." „Schön, dass Sie da sind. Ging ja fix." „Ja, ich bin einer der schnellen Truppe." „So sehen Sie auch aus." „Einmal Salami." „Genau, ich liebe Salami." „Das macht dann 10 Euro. Liefergebühren geschenkt. Ebenso dieser Prosecco." „Oh, wie aufmerksam, Danke. Wollen Sie auch einen Schluck?" „Nicht, wenn ich im Dienst bin, nach Feierabend gern."

Sie kramt in ihrer Handtasche herum: „Ui, ich stelle gerade fest, ich habe kein Geld bei mir." „Kein Geld?" „Nein, nur Lippenstift, mein Handy und Kondome." „Naja, aber die Pizza kostet 10 Euro." „Hm, können wir uns nicht irgendwie anders arrangieren?" Sie kommt auf mich zu und greift mir an die Hose. Ich atme laut auf. Sie küsst mich. Ich küsse mit. So ging es los, ja.

Mir war klar, dass dies hier ein One-Take ist, wurde vorher auch so kommuniziert, also gab ich mein Bestes. Ich hatte nur diese eine Chance, das Produktionsteam und Star von mir zu überzeugen. Ich hatte den genauen Ablauf mit Star davor besprochen. Aus Knutschen wird Blasen. Ich stehend, sie kniend, meinen Penis durch den Reißverschluss.

Dann schmeiße ich sie aufs Sofa, reiße mir die Dienstkleidung runter und lecke sie. Dann ficke ich sie als Missionar. Dann Doggy. Dann reitet sie mich. Zum Schluss wird die Pizza mit Loch in der Mitte auf meinen Penis geschraubt und der Star macht es mir mit der Hand zu Ende. Dann essen.

Wir wussten auch, welche Kameras wo auf uns gerichtet sind. Der Rest war unsere Sache. Wir bekamen die Anweisungen, so Sex zu haben, dass alles möglichst gut sichtbar ist für die Kameras. Star küsste gut und intensiv, sie war Vollprofi. Ihr Zungen-Piercing spürte ich lebendig in meinem Mund. Sie küsste mich so geil und gefühlvoll, dass ich für einen Moment die Kameras vergaß und dachte, sie sei meine Freundin.

Schon war sie auf ihren Knien und holte meinen Dong aus der Hose. Ohne Kondom, da wir beide ja nachweislich kerngesund waren, blies sie mir nun einen. Sie wusste genau, wie das geht vor Kameras. Sie blickte abwechselnd lasziv in die Linsen 1, 2 und 3 und immer wieder hoch in meine Augen.

Ihre Blowjob-Technik war geil, denn sie setzte nicht nur ihren Mund, sondern auch beide Hände ein. Sie blies so gut, dass ich mich enorm beherrschen musste. „Mach etwas weniger, sonst komme ich schon", flüsterte ich ihr zu. Sie hatte verstanden und hielt sich zurück. Ich konzentrierte mich derweil aufs Nichtkommen. Und doch: Mein Orgasmus kündigte sich langsam an. Mist! Nicht jetzt! Also unterbrach ich und trug sie aufs Sofa, um den Spieß umzudrehen. Sie landete weich und grinste mich teuflisch geil an. Ich riss mir meine Scheiß-Pizza-Lieferantenklamotten vom Leib und tauchte ab in Richtung ihrer Mumu.

Als ich diese leckte, war ich im Paradies. Ich vergaß die Kameras und kümmerte mich fachmännisch um ihre Befriedigung. Gleichzeitig knetete ich ihre Brüste. Die 2 Orgasmen, die sie hatte, waren nicht gespielt, dafür stehe ich mit meinem Wort.

Eingeplant waren diese laut Skript und Handlung nicht gewesen, aber was kommt, das kommt. Die Star schaute mich immer wieder mit großen Augen an, als wollte sie mir sagen: „Wahnsinn! Unglaublich, was Du da mit mir machst! Geil!" Jetzt endlich ficken. Wir starteten in der Missionarsstellung. Ich drang in ihre Muschi ein und spürte ihren Saft. Sie war echt geil. Ich hatte gut vorgearbeitet.

Kräftig stieß ich sie, und so, dass man sowohl ihre Pussy, als auch meinen Dick gut bei der Arbeit sehen konnte. Dann kniete sie sich auf mein Kommando hin und ich bumste sie von hinten. Die Kameras waren hier sehr beweglich und filmten uns aus allen Richtungen. Stars Po war klasse, unglaublich schön und griffig. Ich liebte es, diese geile Schlampe zu ficken!

Nun kam mein Highlight: Ich wurde geritten. Die Muschi dieser begnadeten Porno-Darstellerin sauste genial rauf und runter und schenkte mir intensivste Empfindungen. Star fickte extrem wollüstern und hatte sichtlich Spaß beim Dreh mit mir. Als ich merkte, dass ich mich nicht mehr zurückhalten konnte, stieß ich Star kurz an. Sie holte die präparierte Pizza hervor und schenkte mir damit einen echt großen Penisring.

Dezent rückte sie mich in die richtige Position, sodass die Kameras alles einfangen konnten. Dann gab sie Gas. Mit ihrer rechten, süßen Faust masturbierte sie meinen King, bis ich kam. Mein Orgasmus war heftig und ich schoss – wie immer – eine Menge Sperma heraus. 15 Ladungen waren es, ich zählte mit, während ich begeistert Star bei ihrer Arbeit zusah. Dann lutschte sie meinen Penis sauber, brach sich ein Stück Pizza ab und aß es in die zoomende Kamera hinein. Cut. Schnitt. Ende.

Applaus bekamen wir. Star umarmte mich: „Das war fantastisch! Kaum zu glauben, dass dies Dein allererster Dreh war. Glaube mir: Die werden begeistert sein und Dir das gleich sagen. Du warst fantastisch. Hat mega Spaß mit Dir gemacht. Und danke für die 2 Orgasmen, damit hatte ich nicht gerechnet. Kommt nicht oft vor, wenn ich mit Männern drehe. Top!"

Ich nahm ihre Komplimente dankend an und dann auch die von Tim und seiner Crew. „Du hast den Job", grinste er. „Das war große Klasse! Wenn wir dürfen, würden wir gerne Deine Probeaufnahme verwenden für einen Movie.

Das war so gut, absolut tauglich für den Markt." Ich willigte ein und freute mich bereits auf Runde 2, den Dreier mit Spring und Daisy. 3 Stunden Pause. Ich ging mit Star essen beim Asiaten ums Eck und erfuhr mehr von ihr. Privater Kram. Unwichtig. Zurück ans Set und gucken. Über Bildschirme sah ich, was in anderen Drehzimmern abging. Geiler Scheiß! Auf Schirm 1 vögelte ein Blonder eine Schwarze. Auf Schirm 2 gab es Lesbenspiele. Auf Schirm 3 sah ich schwulen Analsex in Zoom. Eklig!

Auf Schirm 4 wurden Fotos geschossen, von einer bildhübschen Nackten, dann von ihr beim Sex mit einem Muskelmann. So verging die Zeit, bis 2 knackige Frauen eintraten. Es waren Spring und Daisy. Beide aus Amerika. In perfektem Englisch begrüßten sie mich und stellten sich vor. „We heard you are a top fucker", grinste Spring mich an. Ich grinste mit.

„Try to make us orgasm for real like you did with Star, let´s see if you can do, man", zwinkerte mir Daisy zu. Lächerlich, so eine Herausforderung. Die beiden würden sich noch wundern. Spring war groß und hatte künstliche Hupen, Daisy war klein und hatte künstliche Hupen. Beide 27, wie ich erfuhr, und schon einige Jahre Sex-Workerinnen. „Du hast alle Freiheiten", lächelte mich Tim an, „koordiniere mit den Mädels Eure Szene. Wenn sie gut wird, werde ich sie nehmen."

Ich kam mit Daisy und Spring nett ins Gespräch, beide waren großmaulig und typische USA-Girls. Beide blond. Beide mit Brille im normalen Leben, die nun durch Kontaktlinsen ausgetauscht wurde. Während der Make-up-Prozedur besprachen wir unsere Szene. „What do you want to do? Some ideas, cutie?", fragte mich Spring.

„What bout this: We, Spring, play a fresh couple, sitting on the couch and drinking wine, talking. You tell me about your best girlfriend from college days. She´s coming to town and visiting us. Ring, ring. She´s there. I open the door and I´m astonished. Such a beauty! I can´t take my eyes off of her.

Sitting in the middle, you right, Daisy left, talking, flirting altogether. You tell her how much you love me and how good I am in bed. Always making you orgasm. While I go out to bring some new wine bottle, you both talk bout your glory days when you shared sexual adventures together with one guy.

Remember Tom, remember Michael? Then Daisy asks you if you are willing to share me. When I come back with the wine, both of you make me horny and touch my dick and kiss me, and so it develops. I lick one while the other blows me. Change. Then double Blowjob goes into fucking. I fuck you while girls kissing, then I fuck you too while anything goes. You finish me with a double Blowjob and Handjob to Cumshot. I´m standing, you both on your knees. What you think about it?"

Die beiden waren sprachlos: „Amazing", grinste Daisy. „Awesome storyboard" – Spring. „Thats´s how we´re gonna do it." Spring huschte ums Eck, um die Kameraleute und den Produzenten entsprechend zu informieren. Und genau so kam es:

Spring und ich spielten ein frisch verliebtes Pärchen, das sich einen schönen Abend macht. WhatsApp bei Spring: Freundin ist in der Stadt und kündigt sich spontan an. Dialog in Englisch alles. No problem for me, man. Die Daisy steht vor der Tür. Hübsches Ding. Beide Ladies wurden echt geil hergerichtet für den Dreh, ich hätte mich in beide sofort verlieben können.

Zu dritt auf der Couch. Dann zu zweit. Dann wieder zu dritt. Dann fallen die beiden Girls über mich her. Spring küsste leidenschaftlicher als Daisy, deren Küsse fühlten sich gestellt an, so wie die ganze Situation ja eigentlich auch war. Aber natürlich wurde ich geil. Aus beiden leicht bekleideten Damen wurden in Kürze nicht bekleidete Damen. Auch ich verlor mein letztes Hemd und Hose, und schnell waren die ersten sexuellen Handlungen dran. Ich leckte die liegende Daisy, während diese mit Spring knutschte. Daisy hatte ein Mini-Schamhaar-Dreieck stehen, sah und fühlte sich niedlich an. Ihr Bauch war gepierct und tätowiert. Ihre Lulu schmeckte nach fruchtigem Lipgloss.

Ich leckte und fingerte sie intensiv und wollte meinem Ruf gerecht werden. In der Tat: Daisy kam zum Orgasmus. Immer schneller atmete sie, bis sie in heftigen Kontraktionen ihr Becken in mein Gesicht drückte. Danach schnaufte sie glücklich aus und blickte mich heiß an. Kussmund. Handkuss. „You did it, man", flüsterte sie mir zu. „I know", ich zurück. Mädchen-Tausch. Spring war nun dran, von mir geleckt zu werden. Ich entschied mich für 69. Ich unten, Spring auf mir. Beide Ladies an meinem Rocket-Schwanz.

Während sie für mich unsichtbar, für die Kameras sehr sichtbar meine Lanze mit Händen und Mündern und Zungen verwöhnten, verwöhnte ich Springs edle Pussy.

Diese war deutlich größer und länger als die von Daisy, und auch sie hatte ein bisschen Schamhaare stehen, aber nicht im Dreieck, sondern einen Irokesen. Diesen leckte ich auf und ab und widmete mich dann ihre sehr abstehenden Clit. Die konnte ich perfekt treffen und bearbeiten. Immer wieder stöhnte sie „Oh my God" vor sich hin, bis sie rumpelnd auf mir kam. Und zwar zweimal hintereinander.

Schon damals wusste ich, was Frauen wollen und brauchen, und wie das funktioniert. Spring kraxelte herunter von mir und steckte mir ihren Hintern entgegen. Aha, jetzt ficken. Mein Penis war scharf wie eine Granate, genauso wie die Mädels. Ich fickte Spring ziemlich hart, was ihr aber gut gefiel. Sie nahm meine Stöße tief und genussvoll.

Dann drang ich in einer missionarsartigen Stellung in Daisy ein, die mir zuflüsterte: „Not that hard please." Okay, ich erfüllte ihr den Wunsch und pimperte sie zärtlicher und romantischer. Währenddessen knutschte ich mit Springtime. Dann ließ ich Spring nochmal reiten auf mir.

Finale: Cumshot. Ich stellte mich hin und ließ die beiden Münder arbeiten. Als ich soweit war, nahm ich ihn intuitiv selbst in die Hand und wichste ihre Gesichter voll mit meinem Dreck. Es war wieder eine Megaladung, die sich auf beiden verteilte. Erschöpft, wie ein Bulle nach dem Deckungsakt, blickte ich in die Kamera und erntete nach „Cut" großen Applaus.

Spring und Daisy küssten mich und applaudierten mir ebenfalls. Allen war klar: A new star was born! Tim war vollen Lobes und versicherte mir, auch diese Aufnahme zu veröffentlichen auf seiner nächsten DVD. „Großartig, aus Dir kann ein echter Star werden." Ich bekam tatsächlich kurz darauf einen Vertrag angeboten, doch entschied mich, eine Nacht darüber schlafen zu wollen.

Die Porno-Welt stand mir offen, großes Geld erwartete mich. Doch gleichzeitig wusste ich von meinen Plänen, einmal ein großer TV-Produzent und Firmen-Chef zu werden. Beides in einem Topf verhält sich nicht gut zusammen.

So entschied ich mich, auftragsweise zu arbeiten und mich nicht fest zu binden. 2 Porno-Produktionen machte ich noch, beide waren geil:

Für die eine fickte ich mit Maya, einer 23-jährigen Polin, mit Luna, einer 19-jährigen Deutschen, und mit Krysztina, einer 29-jährigen Ungarin. Alle Ficks waren geil. Für die zweite hatte ich einen Vierer mit Lina (25), Lana (23) und Lara (18), 3 echten Schwestern. Unfassbar war das! Außerdem ein Schäferstündchen mit Angelique, einer notgeilen 22-jährigen Dänin, sowie ein Fick mit Dana, einer 23-jährigen Schönheit aus Hamburg.

All diese Sex-Erlebnisse habe ich auf offiziellen DVDs, geniale Erinnerungen an den jungen Womanizer und extrem geilen Sex. Hoffentlich wird mich heute, so viele Jahre später, nie jemand erkennen auf den Aufnahmen, das wäre nicht so gut für mich und meine Karriere.

Alkohol macht geil – Bianca

„Ich komme, ich komme!", stöhnte ich und kam in ihr Gesicht. Aber nicht in das meiner Frau Andrea, sondern in das der süßen Bianca. 18 Jahre war sie jung, Azubi zur Bürokauffrau und verdammt hübsch. Ich hatte sie auf einer netten Geburtstagsfete eines Kumpels kennengelernt und angequatscht. Schüchtern war sie, aber nur die ersten Minuten, dann ging sie ran und wir tanzten eng und sexy zusammen.

Andrea war zu Hause und kümmerte sich brav um unser Baby John Paul. Andrea und ich waren so glücklich zusammen … und frisch verheiratet! Die Zeremonie fand in MÜ-Starnberg statt und wir feierten mit unseren Familien und engsten Freunden. Die Hochzeitstorte war genau so schön wie die Hochzeitsnacht, in der ich Andrea immer wieder ins Ohr hauchte, wie sehr ich sie liebe und wie glücklich ich mit ihr sei. Sie erwiderte meine Liebesschwüre mit einer Salve an Küssen. Tausende, ach Hunderttausende waren es in dieser Nacht.

Und nun dies: Ich im Bett einer anderen. Wieder mal. Nichts Neues. Es ist mein wöchentlicher Sport, mein tägliches Brot. Ich war seit dem Zusammenzug mit Andrea, der Heirat und unserem Familienzuwachs nicht besser geworden – immer noch trieb und treibe ich es wild und regelmäßig mit hübschen Mädels von damals, von heute und von morgen. Das brauche ich! Das hält mich jung und frisch, ausgeglichen und froh. Andrea bekam und bekommt davon nichts mit. Gott sei Dank!

Jetzt der Fick mit der Bianca. „Hast Du Lust, zu mir zu kommen?", fragte sie mich auf besagter Party gegen 22 Uhr. Alkohol hatte sie mächtig intus, das musste ich nutzen. Ein einfacher Fick. Zu ihr. Bianca wohnte bei ihren Eltern, diese waren verreist, so stand uns das ganze schöne Haus zur Verfügung.

Nachdem sie mich auf den Mund küsste, begann sie, aus ihrem Kleid zu schlüpfen. Ihr Körper war sehr schön und jung. Faltenfrei und neu. Ihre mittellangen, hellbraunen Haare wehten mir entgegen, ihre Unterwäsche war reiz- und stilvoll. Rosa Stoff, der mehr offenbarte als verhüllte. Schnell war sie an mir und schmiss mich auf das Ehebett ihrer Eltern.

„Lass uns in Dein Zimmer gehen", meinte ich, doch schon war sie mit meiner Hose beschäftigt. „Hier ist es geiler", hauchte sie mir ihre Promille entgegen und knutschte mich fest. Ihre Zunge wollte in meinem Hals angeln, so tief stieß sie diese hinein.

Ich zog ihr BH und Slip aus und bestaunte ihren Traumkörper. Schöne Titten hatte sie, große und feste, ein niedliches Piercing zierte ihren Bauchnabel, ein kleines Büschel Schamhaare ihre Pussy. Wenige Sekunden später war auch ich nackt und fing an, ihren Körper zu liebkosen. Zuerst mit den Händen, dann mit dem Mund. Bianca stöhnte nicht schlecht, als ich sie mit meinen Zungenspielen leckte.

„Auweia!", schrie sie und kam. Ihr Becken bäumte sich auf und zuckte wie ein Zitteraal. Ich konnte ihre Kontraktionen spüren und schmecken, ihre Soße war köstlich. „Du bist ein begnadeter Lecker", stammelte sie und strahlte mich besoffen und glücklich an. „Ich weiß", freute ich mich über das Lob.

„Und jetzt, fick mich!", forderte Bianca und legte sich offen wie ein Buch hin, Arme und Beine gespreizt. Mein Pimmelmann war ohnehin schon hart und ich führte ihn in ihre saftige Lustgrotte ein. Ohne Kondom. Wir hatten keines, ihre Eltern auch nicht. Egal. Zieh ich ihn halt rechtzeitig raus, wenn es soweit ist. Meine Stöße waren hart, das brauchte ich. Bianca schien es zu gefallen, sie konnte die kräftigen Knaller gut nehmen und stöhnte „Weiter, weiter, geil!" vor sich hin.

Nach 8 Minuten spürte ich meine Hoden ziehen und den Orgasmus kommen, also holte ich meinen Prügel an die frische Luft und schenkte Bianca eine Gesichtsbesamung 1. Klasse. So etwas hatte sie wohl noch nie erlebt. Erstaunt zuckte sie und ließ Ladung für Ladung geschehen. Der Orgasmus war heftig und tat mir gut, ich fühlte mich frei und richtig wohl.

„Hey, ins Gesicht kommen mag ich nicht!", lallte mich Bianca nach vollendeter Tat an. „Und warum hast Du hingehalten?", konterte ich. „Weil es geil war!", lächelte sie und küsste mich mit meinem Sperma. Nach 20 Minuten Erholung ging es in die nächste Runde. Bianca wollte mir nun einen blasen, das konnte sie ziemlich gut. Ich lag auf meinen Buchstaben und sah zu, wie sie zuerst mit ihrer Zunge meinen ganzen Körper befeuchtete.

Elektrisierend war es an einigen Stellen, an anderen eher langweilig. Schließlich näherte sie sich meinem Dong. „Los, nimm ihn in den Mund!", befahl ich ihr, doch sie gehorchte nicht und leckte erst mal meine Eier, was mir auch gefiel. Dabei streichelte sie sich selbst die Pussy und sonderte lustvolle Stöhner ab. Mein Prügel stand wie eine Eins und wollte mehr. Behutsam begann sie, mit ihrer Zunge meinen knapp 15 cm langen John hoch zu lecken. Als sie oben war, ließ sie ihn in ihren Mund gleiten und startete mit dem Blowjob.

Ihre rechte Hand kraulte dabei meine Nüsse. Ihr Mund war warm und feucht, ihre Blasqualitäten standen außer Frage. Langsam, dann immer schneller rutschten ihre Lippen hoch und runter und trieben mich in den Wahnsinn. Als ich kam, hielt sie inne und ließ die Soße in ihren Rachen laufen. Dann ein paar Sauger, dann wieder Stillstand. Ungewohnt war dieses Vorgehen, aber geil!

Das liebe ich so sehr an meinen Abenteuern. Jede Tussi macht es anders: Die eine schnell, die andere langsam, mal mit mehr Druck, mal mit weniger, mit einer oder beiden Händen, mit Mund oder ohne, tief hinein oder nur die Penisspitze ... Jede Hand und jeder Mund fühlt sich anders an. Jeder Körper sieht anders aus. Jede Muschi schmeckt anders. Mann, ich liebe es!!

Während ich mich erholte, hörte ich ein lautes Schnarchen. Ich drehte mich um und sah Bianca mit offenem Mund im Land der 10 Pharaonen. Da lag sie, erschöpft und besoffen, müde und sexy. Mein Sperma klebte noch an ihren Lippen. Davon musste ich ein Foto machen. Klick!

Ich wischte ihr das Sperma vom Mund, verdrückte mich und fuhr nach Hause. Andrea schlief schon und hatte John Paul in ihrem Arm. Ich duschte und schlief glücklich mit meinen Schätzen ein.

Beste Freundin – Jasmin

Dieser ONS war ein ganz Besonderer für mich, denn er passierte gefühlt mit einer Schwester. Ich war jung, 20, und gerade von zuhause ausgezogen. Abi und Studienplatz in der Tasche. Kohle für eine eigene Mietwohnung hatte ich nicht, bekam ich auch nicht von meinen Eltern, ich sollte mich selbst durchschlagen.

Also eine WG. Es war eine 3-Zimmer-Wohnung, in die ich hineinkam, die ich mir mit Fabian und Irena teilte. Fabian, 24, studierte Ingenieurwesen. Irena, 22, Bäckerei-Fachverkäuferin, mollig. Beide waren nett. Und selten zuhause. Irgendwann zog Irena aus und Almut zog ein, eine 27-Jährige, 2 m große Erzieherin, die genauso aussah, wie sie hieß: Sehr alternativ. Aber superlustig war sie. Ich hatte viel Spaß mit ihr.

Dann zog Fabian aus und Karl rückte nach. Doch Karl zog kurz darauf wieder aus. Timm folgte. Der 23-jährige Stuntman war eine coole Sau und nie zuhause, ständig unterwegs. Beruflich wie privat. Als Almut ging, kam Jasmin. Diese Jasmin war eine sehr hübsche Jasmin. Gerade 20 geworden, mein Alter also, in der Ausbildung zur Hotelfachfrau.

Sie sah aus wie Selena Gomez: Dunkelhaarig, schlank, mädchenhaft, sehr sexy. Sie stellte mir bei ihrem Einzug ihren Freund vor, Ahmed, einen Ägypter, Animateur, mit dem sie eine Fernbeziehung führte. München – Hurghada. Die beiden hatten sich 3 Monate zuvor bei Jasmins Mädchenurlaub in einem Hurghada-Hotel kennengelernt. Sie hatte sich voll in ihn verliebt.

Er auch in sie? Hm, oder war er eher auf die Chance aus, nach Deutschland zu kommen? Ein langer, schlaksiger Kerl mit brutalen Gesichtszügen starrte mich an. Ich bekam Angst. Die beiden passten nicht zusammen. Paar Tage später war Jasmin eingezogen und ihr Ahmed wieder in Ä, wo er sicher alle paar Tage eine Touristin flach legte. Ich kenne mich damit aus.

Jeden Abend skypten sie. Ich hörte sein gebrochenes Deutsch und sah ihren verliebten Blick. Armes, unschuldiges, unwissendes Ding! Das Zusammenleben mit Jasmin und Timm war sehr angenehm. Timm war immer on the road, Jasmin und ich verstanden uns sehr gut.

Sie bekam viel von meinen ständigen und wechselnden Frauengeschichten mit und nahm sich den Spaß, im Anschluss meine Errungenschaften auf einer optischen Skala von 1 bis 10 zu bewerten. 10 war Top, 1 war Flop. Ich bekam meist eine 8 oder 9 von ihr, manchmal sogar eine 10, denn die Mädels, die ich anschleppte, waren alle von höchster Qualität. Nicht nur optisch, sondern auch zum Glück im Bett. Zumindest die meisten.

Hin und wieder philosophierten wir abends über Gott und Sex. Sie verstand meine schnelle Welt nicht und dass man Sex mit jemandem haben könne, den man nicht liebt. Sie könne das nicht. Sie liebe Ahmed. Nach und nach wurden wir wie Bruder und Schwester. Alle 2 Monate war sie 1 Woche bei ihrem Stecher in Ägypten oder er war für 1 Woche hier. Sie zahlte alles. Dafür sparte sie überall anders.

Daher finanzierte ich sie mit meinem Nebenjob, Model, ein wenig mit. Ich hatte regelmäßig Shootings und verdiente gutes Taschengeld. Sie durfte von meinen Einkäufen mitessen. Sie dankte mir sehr dafür. Oft sah ich sie leicht bekleidet oder sogar nackt, sie hatte mehr und mehr ihre Hemmungen verloren und genierte sich nicht, nackt nach Duschen durchs Wohnzimmer zu laufen oder sich oben ohne zu schminken.

Genieren brauchte sie sich auch nicht mit ihrem Sensationskörper. Jasmin hatte einen wunderschönen Body: Stehende Brüste, mädchenhafte, zugleich sexy Rundungen, ästhetische Oberschenkel, Traumhintern und einen getrimmten Schamhaarstrich in pechschwarz, der ihren Venushügel schmückte.

Sie gefiel mir ungemein, doch war tabu für mich, vor allem wegen Ahmed. Auch wegen ihrer Einstellung zu Sex und Liebe. Egal, ich hatte eine Menge anderer Göttinnen. Eines Abends hörte ich sie heulen in ihrem Zimmer. Ich klopfte und trat ein. Timm war wie immer nicht da. Da lag die kleine Maus und heulte sich nackt auf dem Bett liegend die Seele aus dem Leib. „Was ist denn los?", fragte ich sie vorsichtig.

„Der Ahmed ist so ein Schwein", schluchzte sie. „Er hat Nacktfotos von mir gemacht und erpresst mich damit. Er will Geld. Er hat mich die ganze Zeit nur belogen und verarscht." „Das hätte ich Dir von Anfang an sagen können", wollte ich sagen, verkniff es mir aber.

Nicht draufhauen, wenn jemand am Boden liegt, das gehört sich nicht. „Was sind das für Bilder?", fragte ich. „Schlimme?" „Oh ja", stöhnte sie, „hier, sieh mal." Sie klickte ihren Laptop an und öffnete ihr Postfach, dann die Erpresser-Bilder, die ihr Ahmed als Beweis geschickt hatte.

Es waren 7 Fotos. Alle geschossen hier in ihrem Zimmer, wohl, als ich mal nicht da war. Foto 1: Jasmin oben ohne. Wunderschön, aber harmlos. Foto 2: Jasmin liegend auf dem Bett, splitternackt. Wunderschön, aber harmlos. Foto 3: Jasmin kniend, mit ihrem Po in die Kamera. Wunderschön, aber anrüchig. Man konnte sie darauf nicht eindeutig erkennen.

Foto 4: Die Jasmin auf dem Rücken liegend, ihre rechte Hand an ihrer Muschi, Selbstbefriedigung symbolisierend. Puh! Foto 5: Eine Hand umfasst einen Schwanz. Es muss Ahmeds sein. Lang und dünn war er. Die Hand war definitiv Jasmins, ich konnte es an den Fingern und den Ringen, die sie trug, zuordnen. Aber ihr Gesicht war nicht zu sehen, also nicht so wild.

Nun wurde es pikant. Foto 6: Ein Blowjob-Bild. Aufgenommen aus liegender POV-Position. Jasmin kniete vor Ahmed und hatte seinen Dong in Hand und Mund. Foto 7 noch schlimmer: Jasmin reitend auf Ahmed. Sie war deutlich zu erkennen. Alle Fotos wurden mit ihrer Einwilligung gemacht. Sie hatte Ahmed total vertraut, wie sie mir sagte: „Er wollte das unbedingt, hat mir gedroht, sonst Schluss zu machen, wenn ich nicht mitmache. Er meinte, für einsame Stunden brauche er das. Da habe ich Ja gesagt. Ich habe mir nichts weiter dabei gedacht.

Wollte ihm eine Freude machen und ihm meine Liebe zeigen." Du armes, naives Ding! Ich hatte das Bedürfnis, ihr den Kopf zu waschen, doch hielt mich zurück. Ihr zu helfen, war nun wichtiger. Ich überlegte. Ahmed wollte 3000 Euro, die sie nicht hatte. Ich hatte sie, aber wollte nicht zahlen. „Was ist Stand der Dinge in Sachen Beziehung mit Ahmed?", fragte ich.

„Aus und vorbei! Ich will mit diesem Schwein nichts mehr zu tun haben. Der kann mich am Arsch lecken!" Das hätte ich gerne getan, zumal ihrer gerade nackt vor mir lag, aber mir kam eine Idee. Eine gewagte: „Gib Ahmed Bescheid, er könne sich das Geld hier abholen kommen. Danach willst Du ihn aber nie wieder sehen." „Hä?", schaute sie mich ungläubig an.

„Lass den Burschen kommen, ich kümmere mich um ihn. Habe keine Angst, ich regele das für Dich. Ich werde ihm eine Abreibung verpassen, die er nie vergessen wird." Pause. „Ist Dir das recht?" „Wie meinst Du das? Willst Du ihn schlagen?" „Sagen wir so: Ich werde ihm ausdrücklich zu verstehen geben, dass er Dich in Ruhe lassen soll." „Du kannst ihm ruhig richtig wehtun, dem Schwein!"

Wir schrieben Ahmed im Namen von Jasmin, dass das mit den 3000 Euro okay gehe, dafür er aber die Fotos sofort löscht bei Geldübergabe. Er schluckte den Braten und buchte einen Billigflieger. Ankunft Freitagabend, Rückflug am folgenden Samstagmorgen. Ich rief meinen Kumpel Jack an, ein Tier. Jack war schon mit Mitte 20 Rausschmeißer in einer düsteren Ecke Münchens, 2 m groß, stark wie ein Bär. Er hatte viel Scheiße durchmachen müssen und sah furchteinflößend aus. Ich trainierte öfter mal im Fitnessstudio mit ihm. Ich wusste, der kennt keine Gnade und zieht mit, wenn es darauf ankommt.

Ich erzählte ihm die Story von Jasmin und Ahmed und meinen Plan. „Der Penner kommt am Freitag um 22:40 Uhr am Flughafen an. Ich hole ihn verdeckt ab und fahre ihn raus in den Wald. Dort wartest Du. Und zu zweit werden wir dem Scheißer eine Abreibung verpassen. Eine solche, die er sein Leben lang nicht vergisst. Keine Gnade. Sein Rückflug ist Samstagfrüh, wir lassen ihn im Wald zurück, sein Problem, was aus ihm wird. Er soll für diese Scheiße büßen." „Bin dabei", strahlte Jack, der sich gerne schlägerte, aber noch nie einen Fight verloren hatte.

Als Jasmin schrieb ich Ahmed, dass er vom Flughafen aus mit dem Bus nach Hallbergmoos fahren solle, dort würde ihn jemand abholen. Es war 23:30 Uhr, als er dort ankam. Als der Bus weg war und kein Mensch mehr in Reichweite, schaltete ich die Leuchte meines Leihautos an, sodass mich Ahmed sah und herkam. Ich begrüßte ihn und meinte, ich regele das mit der Geldübergabe für Jasmin. Er war einverstanden.

Ich fuhr ein paar Kilometer bis zu besagtem Waldstück, wo Jack im Dunkeln schon wartete. Ich meinte, ich müsse kurz pinkeln. Ich stieg aus und verschwand hinterm Baum. Gemeinsam mit Jack kam ich wieder. Als Ahmed uns sah, wusste er, dass seine Zeit gekommen war.

Panisch versuchte er zu fliehen, aber beide Türen waren bereits von uns blockiert. Jack zerrte ihn aus dem Auto und schüttelte ihn durch. Ahmed versuchte sich mit einem Tritt in Jacks Eier zu befreien, doch Jack zuckte nur und schlug zu. Ahmed ging sofort zu Boden. Schwer angeschlagen stöhnte er leise vor sich hin und versuchte sich zu berappeln.

Jack trat zu, voll in die Rippen, die ich krachen hörte. Auweia. Armer Ahmed, aber diese Strafe hatte er sich verdient. Ich wollte nicht eingreifen. Jack machte gnadenlos weiter und schlug ihm einen Zahn aus. Können auch 2 gewesen sein, in der Dunkelheit sah ich das so schlecht. Blut aber sah ich, aus Ahmeds Mund und von seiner Stirn kommend.

Der Schlacks hatte nicht den Hauch einer Chance gegen Jack. Derweil schnappte ich mir Ahmeds Handy und suchte die Nacktfotos von Jasmin. Bevor ich sie löschte, schickte ich sie mir und löschte auch den Verlauf. Auch raus aus dem Papierkorb. Jack machte immer weiter. Lebte Ahmed überhaupt noch? Ich ging dazwischen, zog Ahmed am Kragen hoch und starrte in sein malträtiertes Gesicht, das ich kaum wiedererkannte, voll zugeschwollen war das. „Hör mal zu, Penner", drohte ich, „Du lässt Jasmin ab sofort in Ruhe, sonst endet es noch übler. Du bist eine ganz miese Bazille, Du Dreckskerl." Tritt von Jack.

„Du steigst morgen in den Flieger und kommst nie wieder her. Und Gnade Dir Gott, wenn Du Jasmin noch einmal anschreibst, anrufst oder Dich in irgendeiner Form bei ihr meldest und sie unter Druck setzt, dann wird Jack Dich finden." Tritt Jack. „Und Dich richtig fertigmachen." Tritt Jack.

„Dann jagen wir Dich bis ans Ende der Wüste und werfen Dich dem größten Nil-Krokodil zum Fraß vor. Und wage es ja nicht, zur Polizei zu gehen, das würde für Dich nach hinten losgehen. Wir haben uns ein Alibi für jetzt gerade besorgt. Wir sind nämlich bei Jasmin, verstehst Du? Die wird das bezeugen. Außerdem haben wir Deine Scheiß-Erpresser-Mail an sie. Mal sehen, was die Polizei dazu sagen würde, hä?

Dann würdest Du hier in den Knast kommen, und Du möchtest gar nicht wissen, was deutsche Gefangene mit Dir so alles anstellen. Dagegen ist das, was Jack Dir gezeigt hat, noch harmlos." Tritt Jack. „Ich zog Ahmed erneut hoch:

„Hast Du noch irgendwo irgendwelches Foto- oder Videomaterial von Jasmin? Sag, sonst prügelt Jack das aus Dir heraus." „Ja", wimmerte Ahmed mehr tot als lebendig, „ich habe noch 2 Videos von ihr und noch paar Fotos." „Wo? Her damit!" Ich durchsuchte erneut Ahmeds Handy, aber fand nichts Derartiges. „Verschlüsselt", stöhnte er. „Entschlüssele!", befahl ich und drückte ihm sein Tastenteil in die blutigen Hände.

Ahmed bemühte sich. „Hier", überreichte er mir das Handy. Ich mailte die Inhalte des Ordners an mich, löschte von seinem Gerät alle Daten, den Post-Ausgang an mich und den Papierkorb. Somit hatte er nichts mehr in der Hand gegen Jasmin. Ich schmiss Ahmed sein nun nutzloses Handy vor die Füße, doch auch Jacks Füße waren in Reichweite.

„Crunch", machte es, und sein Handy war ein Haufen Schrott. Jacks Füße waren stärker. Ein letzter Tritt von Jack in Ahmeds Fresse, dann war unsere Arbeit fertig und wir fuhren von Dannen. Was aus Ahmed geworden ist … ich weiß es bis heute nicht. Ich habe nie wieder etwas von ihm gehört.

Ich dankte Jack für seine Mitarbeit, dem es ein Vergnügen war. Zuhause angekommen, fiel mit Jasmin aufgeregt um den Hals und wollte wissen, was passiert war. „Keine Sorge", beruhigte ich sie, „alles gut. Ahmed hat seine Lektion erhalten und wird Dich nie wieder belästigen. Er ist in keinem Besitz mehr von bloßstellenden Fotos oder Videos von Dir."

„Videos?", fragte Jasmin ungläubig nach. „Ja, er hatte auch 2 Videos von Dir angefertigt, und noch andere Fotos. Ich habe sie aber auf seinem Gerät nicht gefunden. Die waren verschlüsselt. Schließlich hat er entschlüsselt und ich habe alle gelöscht. Somit bist Du eine freie Frau. Er hat nichts mehr gegen Dich in der Hand." „Danke, mein Held", fiel sie mir noch enger um den Hals. „Wie kann ich das je wieder gutmachen?"

„Komm, wir löschen die Fotos von Dir, die er Dir geschickt hat, dann feiern wir", schlug ich vor. Jasmin war überglücklich und kuschelte sich in meinen Arm. Auch die nächsten 2 Stunden, die wir einen Film schauten, dann einschliefen. Am nächsten Abend zog ich mich dezent in mein Zimmer zurück und sperrte ab. Unbedingt musste ich mir alle Fotos und Videos anschauen, die Ahmed von Jasmin gemacht hatte.

Ich öffnete den Foto-Ordner und zählte 63 Pics. Wow! Die Bilder 1 bis 7 kannte ich bereits, aber was dann kam, war einfach nur geil: Jasmin mit Ahmeds Dong im Mund. Sie blies ihm einen. Er fotografierte aus verschiedenen Winkeln und Positionen, Jasmins Gesicht war deutlich zu erkennen. Plötzlich war auch Sperma zu sehen, das aus seinem Dick kam und Jasmins Hand besudelte.

Auch in ihrem Gesicht war Sperma erkennbar. Fett! Ich holte mir gut einen runter beim Sichten der Bilder. Dann folgten weitere Fotos, die sie beim Reiten zeigten. Mal vorwärts, mal rückwärts. Auch Pics, wie er Doggy in ihr drin war und auf ihren Arsch wichste. Krasser Shit! Die besten allerdings waren die, wie sie ihm kniend einen runterholte und er in ihr Gesicht kam. So sündig. Ähnlich wie die ehemalige Wrestlerin Paige es tat, die Fotos kennt ihr sicher. Dann noch ein paar Nacktbilder, Jasmin modelte für Ahmed. Ich kam brutal intensiv in die Küchenrolle und hechelte so leise ich konnte.

Nach einem erneuten freundschaftlichen Kuschelabend mit Jasmin vor der Glotze waren vorm Einschlafen in meinem Zimmer ihre Videos dran. Aber ich schaffte nur Video 1. Es war manuell gefilmt und hielt aus der stehenden point-of-view-Perspektive Ahmeds, manchmal etwas bis ziemlich verwackelt, den 14-minütigen Blowjob von Jasmin an ihm fest.

Alles war zu sehen: Wie die nackte Jasmin ihm die Unterhose runterzog und sein Glied langsam steif wichste. Mit ihrer linken Hand tat sie das. Wie sie seinen Schwanz ins Maul nahm und so süß blies. Mit der einen Hand hielt sie ihn fest, mit der anderen fingerte sie sich. Man hörte Ahmeds immer lauter werdendes Stöhnen und seine Kommentare wie „Yeah, baby, do it, baby, oh yeah, baby, yeah". Immer zügiger wurde Jasmins Mund- und Handarbeit, bis Ahmed immer wackeliger wurde.

„Right in your face", brummte er und zuckte. Jasmin hatte seine Penis fest im Griff und wichste ihn in ihr Gesicht. Ahmeds ägyptisches Sperma kam herausgejagt und verzierte Jasmins Lippen, Backen, Stirn, Nase und Augen. Überall ein bisschen was. Jasmin streichelte seinen beschnittenen Depp aus und grinste ihn, nicht die Kamera, an. Auch ich wurde immer langsamer, denn ich war längst gekommen.

Als Ahmed kam, kam auch ich. Ich stellte mir vor, Ahmed zu sein und Jasmins Gesicht zu beglücken. Glücklich schlief ich nach diesem geilen Erlebnis ein. Am nächsten Morgen wurde ich früh wach: Hallo Morgenlatte! Zeit für Video 2! Diesmal war Ficken der Inhalt. Ahmeds dunkler Dong nagelte Jasmins wunderschöne Pussy zuerst auf ihr liegend, dann hinter ihr liegend, dann unter ihr sitzend und schließlich als Hundeflüsterer. Die Kamera war abgestellt und zeigte alles. Ahmeds hässliche Visage missfiel mir, dafür gefiel mir Jasmin umso mehr.

Leidenschaftlich ließ sie sich von ihrem Ex bumsen, ohne Kondom. Heiß! Dann schoss Ahmed ab. Wie konnte der Kerl nur 20 Minuten lang ficken? Ich wäre bei Jasmin schon nach 5 Minuten explodiert. Er wichste seine Papyrus-Ladung auf Jasmins knackigen Traumhintern. Ende.

Ende auch bei mir. Ich schaute nach unten, das Zewa-Tuch war feucht ohne Ende. Was für eine heiße Mitbewohnerin ich doch habe! Aber unsere Beziehung war schon zu freundschaftlich geworden. Schon damals war mir klar, dass Liebe und Sex auf der einen und Freundschaft und Geschwisterlichkeit auf der anderen Seite 2 unterschiedliche Paar Schuhe sind. Nicht zu vermischen miteinander.

Egal. Ich hatte ja meine zahlreichen Abenteuer. Trotzdem masturbierte ich oft zu Jasmins Videos und Fotos. Die Zeit verging. Jasmin und ich waren nun Bruder und Schwester. Mittlerweile hatte sie wieder 2 kurze Beziehungen gehabt, die aber sehr schnell vorbei waren. Ihre Partnerwahl war keine gute. Komische Typen waren es. Auch ihre kurzen Affären.

Junge, was die da anschleppte! Jedes Mal griff sie daneben. Ich warnte sie vor diesen Kerlen und hatte immer Recht. Sie hatte einfach kein gutes Händchen für Männer. Sex gab sie diesen nicht, sie war ja der Einstellung ´zuerst Liebe, dann Sex´, aber diese Typen wollten nur Sex von ihr, also war es schnell wieder aus jedes Mal. Jasmin hatte ihre Ausbildung erfolgreich abgeschlossen und einen Job bekommen, allerdings in Mannheim. Umzug also. Auszug also. Wie schade!

Wir beide waren sehr traurig. Sie mochte mich genauso sehr wie ich sie. Unser letzter Abend: Jasmin hatte geladen zur großen Abschiedsparty.

Viele waren gekommen, Freude und Freudinnen, die sie zurücklassen musste. Als um 2 Uhr morgens dieses Samstags alle raus waren, lag etwas Knisterndes in der Luft. Jasmin, die sehr sexy gekleidet war, kam zu mir aufs Sofa gekrochen und ließ sich in meinen Arm fallen. „Ich werde Dich so sehr vermissen", seufzte sie und küsste mich auf den Mund. „Ich Dich auch", seufzte ich mit, „aber bitte sei etwas umsichtiger mit Deiner Männerwahl, ich mache mir da große Sorgen." „Ich weiß", nickte sie. „Wenn doch mehr Männer so toll wären wie Du."

Dann richtete sie sich auf: „Ich weiß nicht, ob das klug ist oder töricht, aber ich traue mich jetzt einfach, Dich dies zu fragen: Da heute unser letzter gemeinsamer Abend ist, soll dieser etwas ganz Besonderes werden. Ich weiß nicht, ob das unsere Freundschaft kaputt macht oder unsere Bindung noch weiter stärkt, aber ich habe die letzten Tage immer wieder mit dem Gedanken gespielt, heute Abend Sex mit Dir zu haben.

Ehrlich gesagt kommt mir dieser Gedanke immer wieder. Schon seit Monaten. Seit ich Dich kenne. Das war immer tabu zwischen uns, wir vertrauen uns als Bruder und Schwester, und doch ist da mehr. Ich weiß nicht, wie Du das siehst, ich hoffe, Du reagierst nicht wütend oder geschockt, aber so denke und fühle ich. Ich fände es sehr geil, habe aber gleichzeitig Angst, dass es danach nichts mehr so ist wie jetzt. Was meinst Du?"

Sie sah mich mit ihren braunen Haselnuss-Augen an. „Erstmal Danke für Dein Vertrauen und den Mut, dass Du das so gesagt hast. Finde ich klasse. Süße, diese enge Bindung, die wir haben, kann durch nichts und niemanden zerstört werden. Wir werden immer Bruder und Schwester sein, uns vertrauen und unterstützen, füreinander da sein, wenn wir uns brauchen.

Und gleichzeitig, und das sage ich Dir auch ganz ehrlich, spüre auch ich diesen Drang auf mehr mit Dir. Du bist eine superhübsche Frau, sehr sexy, sehr anziehend. Du gefällst mir sehr. Ich habe all die Zeit, die wir zusammen wohnen, auch immer wieder mir vorgestellt, wie das wäre. Aus Respekt und weil es einfach so war, wie es war, habe ich diese Gedanken immer beiseitegeschoben. Nun, an unserem letzten Abend, könnten wir es echt tun. Ich wäre damit eiverstanden. Und ich verspreche Dir: Meinerseits ändert das nichts im Umgang mit Dir.

Im Gegenteil: Ich denke, durch das Vertrauen, das wir füreinander haben, kann das eine wunderschöne, bereichernde Erfahrung für uns werden und uns noch enger zusammenschweißen. Lass uns Liebe machen, nur dieses eine Mal, diese eine Nacht, und damit unsere Treue für immer beschwören."

Ja, schon damals war ich ein exquisiter Rhetoriker. Ein Zungenakrobat, nicht nur im Bett. Jasmin strahlte und küsste mich zärtlich. Ich erwiderte diesen Kuss. „Okay, dann soll es so sein, ich freue mich riesig!", lächelte sie und zog mich hoch, zu sich in ihr Bett. „Lass es uns wunderschön gestalten", hauchte sie mir zu. „Ich möchte noch duschen, mich frisch machen."

„Okay, dann komme ich gleich mit." Gemeinsam zogen wir uns aus und starteten die Brause. Mitbewohner Timm war wie immer nicht da, wir waren ungestört. Als wir uns unter der Dusche nackt gegenüberstanden, musste ich sie küssen. Zärtlich und zum ersten Mal mit Zunge. Gleichzeitig umarmte ich ihren nackten Körper und drückte sie fest an mich. Es fühlte sich so vertraut, so eng, so eins, so richtig an.

Dann seifte ich sie ein: Ihre geilen Titten, ihre Arme, ihren Rücken, runter zu ihrem Po, ihren Po, ihre Beine, endlich ihre Muschi. Ihr schwarzer Schamhaarstrich war bestimmt und fest, lang und dicht. Stand ihr verdammt gut. Als ich über ihre Mumu fuhr, atmete sie laut und begann zu zittern. Währenddessen wurde mein Penis steif. Erst recht, als sie mich mit der Duschlotion einseifte: Meine starke Brust, meinen Bauch, die Arme, den Rücken, runter zu meinem Po, meinen Po, die Beine, endlich meinen Dong.

So oft hatte ich davon geträumt, nun endlich wurde dieser Traum Wirklichkeit. Jasmins rechte Hand streichelte ihn so süß, dass ich fast durchdrehte. Wie eine Prinzessin trug ich die frische Jasmin zurück in ihr Zimmer und legte sie auf ihr Bett. Dann kroch ich zu ihr. „Sag mir, was Du magst, und was nicht – nicht, dass irgendwas passiert, was nicht so gut kommt."

Sie: „Ich mag alles. Küssen, streicheln. Beidseitig oral. Miteinander schlafen. Am liebsten die Missionarsstellung. Reiten. Ich schlucke auch." Super, dieses Mädchen! Ich legte mich auf sie und küsste sie. Ihr Schamhaarstrich rubbelte an meinem Penis, was mich aber überhaupt nicht störte.

Jasmin küsste ausgezeichnet. Ich küsste sie tiefer, den Hals entlang, bis ihr ihre Brüste soweit hatte. Hätte nur jede Frau solch wunderschöne Titten! Tiefer ihren Bauch entlang, bis ich die ersten Haare spürte. Diese weiter, bis ich ihre Schamlippen spürte. Weiter, bis ich die kleine Jasmin spürte. Ihre Clit pulsierte wahnsinnig. Ebenso pulsierte Jasmin, die immer lauter stöhnte, als der Womanizer sie oral befriedigte. Ich leckte sie zärtlich und gleichzeitig intensiv, bis sie nach etwa 6 Minuten kam.

Ihr Orgasmus fiel laut und hemmungslos aus. Er muss klasse gewesen sein. Ich ließ mich nicht beirren und leckte weiter. Diesmal nahm ich meine rechte Hand mit und fingerfickte ihre Röhre zusätzlich. Mit der linken Hand schob ich ihren Venushügel nach oben, um ihre Klitoris komplett freizulegen.

2 Minuten später folgte Jasmins zweiter Orgasmus. Danach brauchte sie Pause. „Wunderschön", stöhnte sie. „Dito", küsste ich sie. Nun drehte sie den Spieß um: Sie küsste mich auf den Mund, dann tiefer: Hals, Brust, Bauch, Schwanz. Dann nahm sie ihn in den Mund und begann zu blasen. Oh mein Gott: Diese Frau konnte blasen! In meiner ewigen Bestenliste zählt sie zu den Top 5 Bläserinnen. Eine einzigartige Mischung aus Mund- und Handarbeit bescherte mir nach bereits 3 Minuten einen mächtigen Cumshot.

Jasmin hielt ihr Wort und schluckte alles. Göttlich blies sie zu Ende und streichelte meinen Penis so lange, bis sie zu mir in den Arm zog. Wortlos genossen wir unsere erste und letzte gemeinsame Nacht. Aber wir wollten mehr Sex, mehr Einheit, mehr Befriedigung, mehr von diesen geilen Momenten. Schon begann ich sie wieder zu lecken. Dasselbe Spiel: Zuerst mit Zunge zu O1, dann mit Zunge und Händen zu O2.

Dann blies sie mich wieder, aber diesmal nur 1 Minute, dann zog sie mir ein Noppenkondom über und öffnete ihre Beine. Als Missionar-Heilsbringer drang ich in sie ein und verschmolz mit ihr. Dieser Sex war einzigartig erfüllend. Soviel Nähe und Vertrauen lag in der Luft. Ich fickte Jasmin, bis sie reiten wollte. Nein, sie entschied sich um und hielt mir ihren Arsch entgegen: Doggy also. Ich steckte ihn ihr tief rein und rammelte ihren Po rot. Dann Reiten. Mit Blickkontakt nahm sie auf mir Platz und begann das Pferd-und-Reiterin-Spiel.

Ich starrte abwechselnd in ihr engelhaftes Gesicht und auf ihren Schamhaar-Irokesenstrich, wie er in Bewegung länger wurde. So wollte ich kommen. Ich schoss meine zweite Ladung brutal ins Präservativ. Arm in Arm schliefen wir ein. Am nächsten Mittag verließ mich Jasmin. Wir nutzten den Vormittag für eine letzte Runde Sex. „Süße, ich habe eine pikante Frage. Bitte verstehe mich nicht falsch. Ich würde so gerne unseren letzten Sex aufnehmen, als Erinnerung für uns beide an dieses Highlight.

Ich werde Dich schrecklich vermissen, und diese Aufnahme würde mir unwahrscheinlich viel bedeuten. Der Sex, den wir hatten, war unbeschreiblich schön, diese Erinnerung würde uns eine wunderschöne sein. Was sagst Du?"

„Ich weiß, dass ich Dir vertrauen kann. Ja, diese Idee ist eine gute. So halten wir für uns diesen wunderschönen Moment fest, bis in alle Zeiten unserer ewigen Freundschaft." Kuss. Ich holte meine Video-Cam aus meinem Schrank und platzierte sie optimal aufs Bett gerichtet. Rekord. Überaus sinnlich und zärtlich ging es wieder los mit uns. Wir küssten uns und ich bescherte ihr 2 orale Orgasmen. Dann blies sie mich.

Ich lag auf dem Rücken und entspannte, während sie kniend zwischen meinen Beinen erstklassige Arbeit leistete. Ich kam heftig. Alles in ihren Mund. Geil! Stopp. Pause. Rekord. Runde 2. Diesmal miteinander schlafen. Wir starteten Löffelchen, dann Doggy, dann ich Missionar, dann sie Reiterin.

Als ich ihr meinen Orgasmus andeutete, stoppte sie und zog mich hoch. Ohne Gummi wollte sie es beenden. Sie kniete sich vor mich stehendem Womanizer und blies-wichste mich über die Grenze. Für den Shot wurde aus der ruhenden Kamera eine bewegliche. Ich filmte von oben aus der POV-Perspektive. Geil sah es aus, wie Jasmin meinen übersteifen Penis blies, bis er kam. Schon war er aus ihrem Mund und sie masturbierte ihn leer bis zum letzten Tropfen. Meine Spritzer verteilten sich in ihrem Gesicht und auf ihrer Brust und liefen runter bis in ihr Gebüsch. Unten Tränen verabschiedeten wir uns voneinander.

In Mannheim wurde sie endlich glücklich und fand den Christof, einen Zahnarzt, mit dem sie mittlerweile verheiratet ist und 2 Kinder hat. Bis heute habe ich engen Kontakt zu ihr. Und bis heute schaue ich mir immer wieder unser Sex-Video an.

Die Billard-Wette – Teresa

Freitagabend, Feierabend, Bierchen zischen, ab in die Bar. Das Barmädchen gefiel mir außerordentlich gut. Sie hieß Teresa und hatte einen russischen Akzent. Sie war schlank, ihre mittellangen, blonden Haare waren nach hinten zusammengebunden.

„Bier", bestellte ich und lächelte sie an. Die nächsten Minuten beobachtete ich sie bei jedem Schritt. Sie war blutjung, geile 18. Die Kleine merkte, dass ihr meine Augen folgten und blickte interessiert zurück. Da war sie, eine interessante Spannung, die sich aufbaute. Das liebe ich. Immer intensiver wurde meine Flirtgestik und immer interessierter wurde sie.

„Bitte noch ein Helles", hauchte ich ihr zu. Als sie mir das Bier servierte, berührten sich unsere Hände. Ich schaute ihr in die Augen. „Weißt Du, dass Du sehr schöne Pupillen hast?", sagte ich. „Danke", lächelte sie. Wir kamen ins Gespräch. Teresa erzählte mir, dass sie Schülerin sei und zweimal die Woche hier arbeite. „Wie lange musst Du heute noch?", wollte ich wissen. „Bis Mitternacht." „Hast Du Lust, danach noch mit mir etwas zu trinken?" „Ja, gerne."

Der Abend verging wie im Flug, schon war es 24 Uhr. Teresa verschwand im Büro und zog sich um. Sie kam mit offenen Haaren zurück, trug T-Shirt und Lederjacke. Stiefel hatte sie an und hautenge Jeans. Teresa war zuckersüß. Wir gingen in eine andere Bar, in der auch ein Billardtisch stand, der mich auf eine Idee brachte: „Was hältst Du von einem Spiel?", fragte ich.

„Cool, ich liebe Billard. Da bin ich irre gut." „Sicher?" „Ich fege Dich vom Tisch", grinste sie. „Pass auf, wir spielen um einen Einsatz. Wenn Du gewinnst, hast Du einen Wunsch frei. Wenn ich gewinne, habe ich einen frei." „Einverstanden", lächelte sie. „Und was wünscht Du Dir, falls Du gewinnst?" „Dich." Sie schaute mich mit großen Augen an.

„Wie meinst Du das?" „Na, eine Nacht mit Dir." „Hm, mit Sex und allem?" „Ja. Wenn ich gewinne, möchte ich eine Nacht mit Dir, mit allem, was dazugehört." Teresa wirkte unsicher. Sie überlegte. „Gut, aber nur, wenn Du auch meinen Wettwunsch akzeptierst." „Und der wäre?"

„Wenn ich gewinne, spendierst Du mir Schuhe." Wie bitte?",
fragte ich. „Dann gibst Du mir Geld für Schuhe. Ich hab welche
gesehen, die möchte ich haben. Kosten 129 Euro." Ich überlegte. „So soll es sein." Wir schlugen ein. „Best of 3", sagte sie und
eröffnete das Spiel. Teresa spielte sehr gut. Mit Sicherheit, Können und Geschick stieß sie die Kugeln richtig an. Ich staunte.
Sie hatte nur noch eine plus die Schwarze auf dem Tisch, ich
noch 4. Mist! Jetzt musste ich zulegen. Und ich traf. Und traf.
Und traf. 3 hintereinander lochte ich ein, dann war Schluss.

Teresa beendete das Spiel mit 2 Treffern am Stück. „Ich
freue mich schon auf die Schuhe", grinste sie. „Noch ist es nicht
vorbei", konterte ich und stieß Runde 2 an. Ich wusste, was auf
dem Spiel stand, also konzentrierte ich mich doppelt.

Diesmal war ich der Bessere: Schnell und zügig bewies
ich mein Können und schickte die 8 schlafen, während Teresa
noch 3 Kugeln hatte. „Sehr gut", lobte sie. „Das Spiel habe ich
Dir geschenkt, um es spannend zu machen. Jetzt zählt's!" Teresa startete gut, schnell hatte sie 4 Kugeln versenkt. Ich hielt dagegen und spielte mein bestes Billard. Es wurde eng. Nur noch
die 8 lag auf dem Tisch.

Teresa verfehlte ihr Loch um Haaresbreite, ich musste
treffen. Konzentration. Stoß. Loch! Jubel! Hurra! „Ich habe gewonnen! Hast Du gesehen?", grinste ich sie an. „Ja, habe ich",
war ihre Antwort. „Du hast echt gewonnen. Glückwunsch." Sie
schüttelte meine Hand und drückte mir ein Küsschen auf die
Wange. „Du hast sehr gut gespielt", lobte sie mich. „Du weißt,
was das bedeutet?", fragte ich sie. „Ja, Du bekommst mich heute Nacht. Versprochen ist versprochen." „Schade um die Schuhe", flüsterte sie und holte ihre Jacke. Wir gingen zu ihr.

Teresa wohnte in einer 2-Zimmer-Wohnung im Zentrum. „Pass auf, ich habe unter folgenden Bedingungen Sex mit
Dir", sagte sie: „Nur mit Gummi, zärtlich und respektvoll, kein
Anal oder Perversitäten." „Klar", bestätigte ich, „mach Dir keine Sorgen." „Wenn Du weißt, was es für kranke Typen gibt,
machst Du Dir Sorgen", meinte sie nachdenklich und zog sich
aus. Auch ich zog mich aus. Da standen wir nun, nackt, und
schauten uns an. Teresa hatte einen bildschönen Körper, mädchenhaft und unschuldig frisch.

„Na mach schon", forderte sie mich zwinkernd auf, die Initiative zu übernehmen. Ich küsste sie und trug sie aufs Bett, wo ich anfing, ihre Brüste zu liebkosen. Teresa hatte kleine, schöne Titties, in ihrer rechten Brustwarze war ein Piercing. Weiter ging es south, bis ich an ihrer Muschi angelangt war. Die schmeckte prima. Ich leckte sie zu 2 Orgasmen.

„Noch nie hat mich einer so geleckt, das war göttlich!", lobte sie. „Kannst Du auch so gut ficken?" „Mal sehen", sagte ich mit hochgezogener Augenbraue und steckte meinen Knüppel in ihre Lustgrotte. Die war eng und nahm meinen Schwanz saugend auf. Ich fickte sie in der Missionarsstellung und blickte in ihr schönes Gesicht, auf ihre Brüste, ihre Muschi, die mit einem zarten, hellen Schamhaarstrich begrast war. Ich fickte sie zart, hart, langsam, schnell. Sie stöhnte laut, leise, schnell, kurz, lang. Sie kam. Ich kam. Es war geil!

„Du kannst genauso gut ficken", hechelte sie und küsste mich. Ich war glücklich. Ein 18-jähriges Ding im Bett, bildhübsch, geil und willig. Ich hatte sie gewonnen, beim Billard besiegt und herumgekriegt. Was bin ich nur für ein toller Hecht!

Wir tranken Cola und unterhielten uns über Sex. „Weißt Du, manche Typen sind krass im Kopf", erzählte sie. „Die wollen nur Sex und denken nur an sich, dumme Fickprotze, die nichts im Hirn haben. Leider falle ich immer wieder auf solche rein. Du bist anders." „Wie meinst Du das?", fragte ich. „Du bist gebildet, weißt eine Frau zu verstehen, hast Stil und Niveau. Das gefällt mir. Zur Belohnung blase ich Dir jetzt einen."

Ich staunte, als sie mein Glied in den Mund nahm und zärtlich daran nuckelte. Blasen konnte sie unglaublich gut. Sie saugte jeden Zentimeter meines Dongs steif und übte mit ihrer linken Hand schönen Druck um meinen Schaft aus. Es war ein Bild für Götter! Teresa kniete zwischen meinen Beinen und erhöhte die Blasfrequenz, bis ich kam. Mein Sperma spritzte in ihren Mund, sie schluckte alles. Geil!

Die Nacht blieb ich bei ihr. Den ganzen Vormittag hatten wir Sex. Ficken ohne Ende. Über 2 Stunden dauerte das Liebesspiel. Immer wieder bremste ich mich und nagelte dann weiter, immer wieder Stellungswechsel. Teresa konnte nicht genug bekommen und spornte mich zu Höchstleistungen an.

Sie war dreimal gekommen, als ich dran war und in ihr ejakulierte. Die Befreiung war unglaublich, all meine Muskeln lösten sich, ich genoss wie ein Weltmeister. Teresa musste zur Arbeit. Ich auch. Wir verabredeten uns für den Abend. Ich holte sie um Mitternacht ab und wir wiederholten das Billardmatch. Diesmal mit anderem Wetteinsatz. Sie wollte immer noch Geld für die Schuhe, ich Folgendes: „Wenn ich gewinne, darf ich filmen." „Was willst Du filmen?", fragte sie neugierig. „Uns." Sie verstand nicht. Dann endlich begriff sie: „Du meinst doch nicht etwa ..." „Doch", grinste ich. „Genau das."

Teresa lachte. „Ein heikler Wetteinsatz. Aber er gefällt mir. Das ist der Kick, den ich brauche, um Dich platt zu machen", juchzte sie. Wieder spielten wir „Best of 3", und wieder gewann Teresa den ersten Satz, ich den zweiten und den dritten. SIEG! Ich darf filmen! Irgendwie hatte ich das Gefühl, Teresa hatte mich gewinnen lassen. Ihre Blicke waren gierig, sie war geil. Ab zu ihr. Meine Cam hatte ich dabei. Ich platzierte sie optimal zum Bett. Teresa verschwand im Bad. Als sie wiederkam, stockte mir der Atem: In Reizwäsche und Heels stolzierte sie auf mich zu. Sie zog mir die Kleider vom Leib und begann mich oral zu verwöhnen.

Teresa kniete so, dass die Kamera alles perfekt einfing. Mit Engelszunge und Mädchenhänden stimulierte sie meinen Schwanz. „Let's ride", stöhnte sie und hockte sich auf mich. Mit ihrem Gesicht zur Kamera ritt sie mich auf und ab. Ihre enge Muschi passte perfekt um meinen Dickie. „Ich komme!", bereitete ich sie nach 5 Minuten auf meinen Shot vor. Schnell zog sie meinen Penis aus ihrer Fotze und wichste ihn in senkrechter Stellung zu Ende. Mein Sperma kam herausgeschossen und landete auf ihren Brüsten und ihrem Bauch. Sie wichste sensationell, ihre Hände hielten meinen Zauberstab fest wie einen Hammer, optimal vom Griff her.

Der letzte Sex mit ihr am nächsten Morgen war der Hammer! Sie blies mich so geil zum Orgasmus, dass ich so viel Sperma in ihren Mund schoss, dass ihr die Hälfte hinauslief und auf die Knie tropfte. Ich verabschiedete mich von der kleinen Maus und widmete mich neuen Aufgaben.

Buch-Tipps vom Womanizer

The Womanizer
Ich, der Fremdgeher 1
Die Abenteuer des Womanizers

Sex, Erotik, Liebe, Lust & Leidenschaft – dies ist die spannende Geschichte, die Autobiografie des Womanizers, eines Mannes, der seinem Leben keine Grenzen setzt und sich alle sexuellen Wünsche und Träume erfüllt.

Obwohl er glücklich in einer Beziehung mit seiner Freundin Andrea ist, die er liebt, gönnt er sich alle Freiheiten, um das zu genießen, wovon andere Männer träumen. Er erlebt fantastische Abenteuer ebenso wie böse Reinfälle, heiße Affären, Sex mit 3 Frauen gleichzeitig, Erpressung, Glück und Leid in Beziehung und One Night Stands.

Erfahren Sie mehr über den Mann hinter der Maske und sein Leben. Fantasien werden Wirklichkeit, Wünsche wahr. Ich, der Fremdgeher 1 ist ein hochexplosives und spannendes Werk, das den Leser fesselt, anregt und erregt. 63 Kapitel voller Sex, Lust und Leidenschaft. 200 Seiten pure Erotik.

Doch auch Schuld und Moral spielen eine Rolle. Immer wieder hinterfragt er sein schändliches Treiben und will seiner Freundin treu bleiben, doch die Lust ist zu groß und die weiblichen Reize sind zu stark ... und so stürzt er sich in das nächste Abenteuer. Ein Buch, über das Sie noch lange sprechen werden!

ISBN 978-3-8423-2186-1
Books on Demand

Buch-Tipps vom Womanizer

The Womanizer
Ich, der Fremdgeher 2
Neue Abenteuer des Womanizers

Dies ist Teil 2, die prickelnde Fortsetzung der spannenden Lebensgeschichte des Womanizers, eines Mannes, der seinem Dasein keinerlei Grenzen setzt und sich all seine sexuellen Wünsche und Träume erfüllt.

Obwohl er mittlerweile glücklich verheiratet und stolzer Vater eines Sohnes ist, gönnt er sich die Freiheiten, um das zu genießen, wovon andere Männer nur träumen. Er erlebt fantastische Abenteuer ebenso wie böse Reinfälle, heiße Affären, Glück und Leid in Beziehung und One Night Stands.

Erfahren Sie alles über den Mann hinter der Maske und sein geniales Leben. Fantasien werden Wirklichkeit, Wünsche wahr. Ich, der Fremdgeher 2 ist ein explosives und reizvolles Werk, das den Leser fesselt, anregt und erregt. 35 Kapitel voller Sex, Liebe und Leidenschaft, 200 Seiten pure Erotik, das ist die fantastische Welt des Womanizers.

Doch auch Schuld und Moral spielen eine Rolle. Immer wieder hinterfragt er sein schändliches Treiben und will seiner Frau treu bleiben, doch die Lust ist zu groß und die weiblichen Reize sind zu stark ... und so stürzt er sich in das nächste Abenteuer.

Die geniale Fortsetzung von Ich, der Fremdgeher 1. Ein Buch, das Sie nicht mehr loslassen wird, denn tief in Ihnen stecken auch der Trieb, die Lust, die Gier auf Erfüllung aller Ihrer sexuellen Wünsche und Fantasien.

ISBN 978-3-8448-7446-4
Books on Demand

Buch-Tipps vom Womanizer

The Womanizer
Ich, der Fremdgeher 3
Die letzten Geheimnisse des Womanizers

Dies ist Teil 3, der prickelnde Abschluss der Trilogie über das einzigartige Leben und Wirken des Womanizers, eines Mannes, der sich, trotz hübscher Ehefrau und zweier wundervoller Kinder, außertourlich all seine sexuellen Wünsche und Träume erfüllt. Dabei erlebt er das, wovon andere Männer nur träumen.

Diesmal u.a.: Sex mit den blutjungen Animateurinnen Grit und Hanna, spannende Abenteuer in der Glory Hole Bar, eine heiße Romanze mit PR-Marketing-Lady Ella, der fantastische Vierer mit den US-Girls Chloe, Madison und Stella, Kindermädchen Magdalena auf Extratour, Erotikmassagen der göttlichen Luisa, Jugenderinnerungen an Raliza, Techtelmechtel mit Praktikantin Aiko, Reinfall mit Frauke, Oh Julia, Andreas geheime Kiste, Ü-50erin Sabrina, Playboy-Lifestyle mit den Hostessen Torrie und Whitney, die scharfe Kerstin u.v.m.

Ich, der Fremdgeher 3 ist ein explosives und reizvolles Werk, das den Leser fesselt, anregt und erregt. 34 Kapitel voller Sex, Liebe und Leidenschaft, 200 Seiten pure Erotik, das ist die extravagante Welt des Womanizers.

Die geile Fortsetzung von Ich, der Fremdgeher 1 & 2. Ein Buch, das Sie nicht mehr loslassen wird, denn tief in Ihnen stecken auch der Trieb, die Lust, die Gier auf Erfüllung all Ihrer sexuellen Fantasien.

ISBN 978-3-7460-1524-8
Books on Demand

Buch-Tipps vom Womanizer

The Womanizer
Sex Bomb
100 Tricks, Frauen ins Bett zu bekommen

DER PLAYBOY TRICK * DER PIANIST TRICK * DER FEUERWEHRMANN TRICK * DER BABYSITTER TRICK * DER 6 RICHTIGE IM LOTTO TRICK * DER BILLARD TRICK * DER MAGISCHE ZETTEL TRICK * DER KINO TRICK * DER HUNDEHALTER TRICK * DER ROTE ROSEN TRICK * DER BARMANN TRICK * DER ZAUBER TRICK * DER CHEFREDAKTEUR TRICK * DER JUNG-FRAU TRICK * DER SPIONAGE TRICK * DER SCHLITTSCHUHLÄUFER TRICK * DER PORNODARSTELLER TRICK * DER MASSEUR TRICK * DER VERFLOS-SENEN TRICK * DER SCARY MOVIE TRICK * DER BUCHAUTOR TRICK * DER FUSSBALLSPIELER TRICK * DER BLIND DATE TRICK * DER KOLLEGIN TRICK * DER FOTOGRAF TRICK * DER GIPS TRICK * DER KONZERT TRICK * DER WETTE TRICK * DER REPORTER TRICK * DER SAUNA TRICK * DER KAMASUTRA TRICK * DER CHARLIE SHEEN TRICK * DER SCHLANGEN TRICK * DER WETTBEWERB TRICK * DER AMATEURPORNO TRICK * DER RESTAURANT CHEF TRICK * DER GEBURTSTAGSPARTY TRICK * DER UM-ZIEH TRICK * DER SCHÖNE FRAU TRICK * DER SHOPPING TRICK * DER CALLBOY TRICK * DER XXL-KONDOM TRICK * DER EBAY TRICK * DER EBAY DELUXE TRICK * DER BETTENKAUF TRICK * DER POKER TRICK * DER ANNA TRICK * DER MASKENBALL TRICK * DER EINKAUFS TRICK * DER EX ONE NIGHT STAND TRICK * DER DJ KUMPEL TRICK * DER POR-SCHE TRICK * DER BORDELL CASTING TRICK * DER BORDELL CASTING DELUXE TRICK * DER SEXSHOP TRICK * DER STILLE TRICK * DER E-MAIL TRICK * DER FACEBOOK PARTY TRICK * DER JOGGER TRICK * DER THER-MEN TRICK * DER ROBINSON CLUB CAMYUVA TRICK * DER 25 ZENTIME-TER TRICK * DER SALTO TRICK * DER TRAUM TRICK * DER COACHING FÜR SINGLES BUCH TRICK * DER 5 DVDS ZUR AUSWAHL TRICK * DER STRAPSE TRICK * DER MASSAGEKURS TRICK * DER VISITENKARTEN TRICK * DER WITZE TRICK * DER TAGEBUCH TRICK * DER VIBRATOR TRICK * DER SPIRITUELLE TRICK * DER TANZ TRICK * DER WELTREKORD TRICK * DER POLEN TRICK * DER 10 MINUTEN TRICK * DER VERLASSE-NEN TRICK * DER PFIFFIGE TRICK * DER SCHLAF MIT MIR TRICK * DER SCHAUSPIELFREUNDIN TRICK * DER GANZKÖRPERMASSAGE TRICK * DER FLOATING TRICK * DER ZUCKERWATTE TRICK * DER BUTLER TRICK * DER KÄLTE TRICK * DER PROMIFOTO TRICK * DER STEWARDESS TRICK * DER RETROSPEKTIVE TRICK * DER KUMPEL TRICK * DER CHEF TRICK * DER KAJAK TRICK * DER SCHWESTER TRICK * DER WEIHNACHTSMANN TRICK * DER PUTZFRAU TRICK * DER GESCHENK TRICK * DER SPRICH MICH AN TRICK * DER SADOMASO TRICK * DER ZAHLEN TRICK * DER SPEED-DATING TRICK

ISBN 978-3-8448-0574-1
Books on Demand

Buch-Tipps vom Womanizer

The Womanizer
Meine heißesten Sex-Abenteuer

The Womanizer präsentiert seine allerheißesten Sex-Abenteuer!
Nach dem großen Erfolg seiner Bestseller Ich, der Fremdgeher
Band 1-3 ist dies das nächste Meisterwerk des Mannes, der bereits über 1.500 Frauen im Bett hatte und als Casanova und Don
Juan des 21. Jahrhunderts in die moderneren Geschichtsbücher
eingehen wird.

Hier schildert er seine geilsten und heißesten Sex-Erlebnisse der
letzten 10 Jahre seines aufregenden Lebens und Tuns: Barbara,
Teresa, Mary, Iris, Tammy, Rimma, Caro, Lucy, Paula, Jenny,
Gabi, Denise, Raliza, Katja, Angie, Anja, Jana, Celine und Alicia heißen die Damen, die The Womanizer für dieses Best of
ausgewählt hat.

Jedes dieser Abenteuer zählt zu seinen Favourites. Tauchen Sie
ein in die Welt und den Körper des Womanizers und erleben Sie
mit ihm seine heißesten Sex-Abenteuer – live und hautnah, uncensored und geil, prickelnd und erlösend.

Spüren Sie die Zärtlichkeiten, den Sex, die Erotik, die Lust und
die Leidenschaft, die dieses Buch zu einem interaktiven Lesevergnügen machen. The Womanizer wünscht Ihnen viel Freude
mit Meine heißesten Sex-Abenteuer!

ISBN 978-3-8448-1952-6
Books on Demand

Buch-Tipps vom Womanizer

The Womanizer
SEXSÜCHTIG!
(M)EINE FRAU IST NICHT GENUG

(M)EINE FRAU IST NICHT GENUG – das ist die Philosophie, das Lebensmotto des Womanizers! Nach seinen vielen Bestseller-Büchern präsentiert der Playboy des 21. Jahrhunderts nun sein neuestes Werk *SEXSÜCHTIG!*, in dem er die wundervolle Beziehung zu seiner Frau Andrea beschreibt und gleichzeitig über seine geilsten Seitensprünge intimst Auskunft gibt.

Erfahren Sie mehr über den Mann, der über 1.500 Frauen im Bett hatte, und seine heißen Sex-Abenteuer mit Isabel, Simone, Carmen, Melly, Sandy, Samira, Michèle, Bianca, Lena, Silke, Lolita und Wendy. Megaerotisch und anregend sind seine Schilderungen von Liebe, Sex und Zärtlichkeit, Lust und Leidenschaft, Gier und Verlangen.

(M)EINE FRAU IST NICHT GENUG – der Drang nach neuen Erfahrungen, nach jungen, schönen Körpern und tabulosen Mädels ist groß. Und die Mädels sind willig. The Womanizer nimmt sie gerne, aber nur die Besten! Und was die so alles können, erfahren Sie in diesem Buch!

ISBN 978-3-8482-0035-1
Books on Demand

Buch-Tipps vom Womanizer

The Womanizer
Sexy!
Memoiren eines Playboys

Tauchen Sie ein in eine Welt voller Lust, Leidenschaft, Sex und Erotik! The Womanizer präsentiert seine Memoiren und berichtet von seinen geilsten Sex-Abenteuern mit blutjungen, bildhübschen 18-jährigen Mädchen bis hin zu 43-jährigen, reifen Damen.

Sie alle sind ihm hilflos verfallen und finden einen Ehrenplatz in diesem spannenden Werk, das durch intimste Schilderungen und faszinierende Erlebnisse überzeugt.

„Sexy!" ist ein interaktives Lesevergnügen – The Womanizer erzählt seine Begegnungen hautnah und lebendig, als wären Sie persönlich dabei. Freuen Sie sich auf 24 Ladies und ihre Traumkörper, ihre Lust und Gier nach einem Mann, der sie glücklich macht.

Anhand seiner extraorbitanten Leistungen ist The Womanizer zweifelsohne DER Playboy des laufenden 21. Jahrhunderts! Wir sagen: Viel Spaß beim Lesen und Genießen dieses Buches!

ISBN 978-3-8482-0153-2
Books on Demand

Buch-Tipps vom Womanizer

The Womanizer
Verbotene Lust!
Sex ist mein Leben

In „Verbotene Lust!" führe ich Sie in meine geile Vergangenheit und präsentiere einige Raritäten und Perlen meiner sexuellen Lust. Da ich meine Abenteuer dokumentiere, weiß ich exakt Bescheid und kann detailgenau das schildern, was ich erlebe, wovon andere Männer nur träumen.

Auch wenn diese Lust eigentlich „verboten" ist, so ist sie für mich normal. Ich sehe nichts Schlimmes daran, dass ich mich sexuell auslebe und mir meinen Spaß in anderen Betten hole. Ich verletze meine Ehefrau Andrea ja nicht, sie kennt halt nur nicht die volle Wahrheit. Und die wird sie auch nie erfahren.

Freuen Sie sich auf meine sexuellen Abenteuer mit der Therapeutin Silva, das Maskenball-Spektakel, den sensationellen Vierer mit Kylie & Nele & Helene, die Sex-Toy-Verkäuferin Cathy, die Praktikantin Kerstin, das 18-jährige Kindermädchen Magda u.v.m.

Sex ist mein Leben, daher werde ich stets die „Verbotene Lust" mitnehmen, leben und genießen, denn ich bin und bleibe The One & Only Womanizer!

ISBN 978-3-7460-4353-1
Books on Demand

Buch-Tipps vom Womanizer

The Womanizer
Meine besten Dreier
2 Ladies & The Womanizer

Was für viele Männer ein ewiger, unerfüllter Traum bleibt, ist für mich geile Realität: Der sagenumwobene flotte Dreier! Ach, wie oft schon habe ich 2 Frauen gleichzeitig im Bett gehabt und sensationelle Stunden mit ihnen erlebt. Wenn auf einmal 4 Hände und 2 Münder loslegen und ihr Bestes geben, dann sieht man die Sterne funkeln.

Nach meinen Verkaufsschlagern Ich, der Fremdgeher 1-3, diversen Fortsetzungen und Specials ist es an der Zeit, der großen Nachfrage gerecht zu werden und den Spot auf meine besten Dreier zu lenken. Hierbei gilt das Gesetz: Wenn ich Gruppensex habe, bin ich der einzige Mann! Platz für einen zweiten gibt es nicht. Und die Frauen, mit denen ich es treibe, müssen hübsch und geil sein. Sexhungrig, offen für alles.

Wenn meine geschätzte Frau Andrea von meiner Dreier-Leidenschaft wüsste, würde sie mich umbringen. Nun ja, einmal hat sie ja selbst mitgemacht, mit der süßen Lena. Dieser ganz besondere Dreier wird ausführlich im Werk behandelt und erhält als Abschlusskapitel den Ehrenplatz. Aber sonst bin ich für Andrea ein liebender, treuer und einfach der perfekte Ehemann und Partner. Bin ich ja auch, bis auf das mit der Treue …

Lassen Sie sich eines versichern: Wenn Sie bisher noch keinen Dreier mit 2 Frauen erlebt haben, Sie Armer, dann haben Sie wirklich etwas Ultimatives verpasst!

ISBN 978-3-7528-3132-0
Books on Demand

Buch-Tipps vom Womanizer

The Womanizer
Geile 18
Jung, Schön, Sexy & Versaut

Die Zahl 18 ist eine magische, denn sie beschreibt die Eigenschaften, die mir an Frauen wichtig sind: Jung, Schön, Sexy & Versaut! Ich spreche von Göttinnen, die soeben die Grenze vom Mädchen zur Frau überschritten haben und sich in einem überaus reizvollen Alter befinden.

Wenn ein Mädchen endlich volljährig wird, steht sie mir offen. Yeah! Ihre süßen, noch mädchenhaften Rundungen, ihr straffer, faltenfreier Körper, ihr naiver, unschuldiger Blick – all das verführt mich ungemein. Noch mehr verführen mich die 18-jährigen Luder, die es darauf anlegen. Die um Analsex betteln, Fesselspiele beherrschen, Sperma genüsslich schlucken und genau wissen, wie sie mich genial befriedigen können. Die mit 18 bereits alle Tabus abgelegt haben, um im Bett ihre und meine Erfüllung zu erleben.

Als Mann Ende 30, mit der tollen Andrea verheiratet und Vater zweier wundervoller Kinder, als renommierter TV-Produzent und Gutverdiener, ist es mir eine Ehre, auch heute noch mir das zu holen, was ich möchte. Sexuell. In meinem Leben habe ich bereits über 1.500 Frauen im Bett gehabt, davon waren sicher 100 dabei, die Sweet Little Eighteen waren.

Aufgrund großer Nachfrage habe ich meine besten sexuellen Erlebnisse mit 18-jährigen Girls zusammengestellt. Und dabei festgestellt: Ein Buch reicht dafür nicht aus! Daher kündige ich jetzt schon eine Fortsetzung dieses Werkes an.

ISBN 978-3-7528-8060-1
Books on Demand

Buch-Tipps vom Womanizer

The Womanizer
Supergeile 18
So Jung, Schön, Sexy & Versaut

„18" ist eine magische Zahl, denn sie beschreibt genau die Eigenschaften, die mir an Frauen wichtig sind: So Jung, Schön, Sexy & Versaut! Die Rede ist von Göttinnen, die soeben die Grenze vom Mädchen zur Frau überschritten haben und sich in einem überaus reizvollen Alter befinden.

Wenn ein Mädchen endlich volljährig wird, steht sie mir offen. Yeah! Ihre süßen, noch mädchenhaften Rundungen, ihr straffer, faltenfreier Körper, ihr naiver, unschuldiger Blick – all das verführt mich ungemein. Noch mehr verführen mich die 18-jährigen Luder, die es darauf anlegen. Die um Analsex betteln, das Fesselspiel beherrschen, Sperma genüsslich schlucken und genau wissen, wie sie mich genial befriedigen können. Die mit 18 bereits alle Tabus abgelegt haben, um im Bett ihre und meine Erfüllung zu erleben.

Als Mann Ende 30, mit der tollen Andrea verheiratet und Vater zweier wundervoller Kinder, als renommierter TV-Produzent und Gutverdiener, ist es mir eine Ehre, auch heute noch mir das zu holen, was ich möchte. Sexuell. In meinem Leben habe ich bereits über 1.500 Frauen im Bett gehabt, davon waren sicher 100 dabei, die Sweet Little Eighteen waren.

Aufgrund großer Nachfrage habe ich meine besten sexuellen Erlebnisse mit 18-jährigen Girls zusammengestellt. Und festgestellt: Ein Buch reicht dafür nicht aus! Dies ist Teil 2, die Fortsetzung von „Geile 18"! Auf geht´s in einen supergeilen Liebesstrudel, denn sie sind So Jung, Schön, Sexy & Versaut!

ISBN 978-3-7528-2472-8
Books on Demand

Buch-Tipps vom Womanizer

The Womanizer
Meine aufregendsten One Night Stand
Frauen, die ich nie vergessen werde

SEX ist mein Leben! Über 1.500 Ladies zwischen 18 und 50 habe ich bisher im Bett gehabt. Als liebevolle Mutter meiner Kinder ist meine langjährige Partnerin und Ehefrau Andrea immer noch meine absolute Traumfrau, der Sex mit ihr ist toll.

Dennoch, glücklich in Beziehung und erfolgreich im Beruf, wie ich es bin, brauche ich die Abwechslung im Bett, und damit meine ich nicht die Bettwäsche, sondern Damen. One Night Stands sind ein probates Mittel, um unverbindlich sein Vergnügen zu erzielen. Viel einfacher als eine Affäre.

Ich bin Profi, was One Night Stands angeht. Zu viele habe ich schon erlebt und erlebe sie weiterhin, dass ich genau weiß, wie ich eine Frau, die ich geil finde, in mein Bett und von ihr Sex bekomme. Für dieses Best of habe ich mich für die aufregendsten One Night Stands meines Lebens entschieden, mit Frauen, die ich niemals vergessen werde. Lasst Euch inspirieren von meinen Taten, taucht ein in den Körper des Womanizers, und ab geht die Bett-Post!

ISBN 978-3-7528-4102-2
Books on Demand